L'ARBRE AUX CHIFFONS

DE LA MÊME AUTRICE :

Fenêtre sur jardin, Calmann-Lévy, 2023

Valériane TARONT

L'ARBRE AUX CHIFFONS

Roman

CALMANN
LEVY
territoires

CALMANN LÉVY
ÉDITEUR DEPUIS 1836

COUVERTURE
Maquette : Le Petit Atelier
Photographie : © Sara Danielsson / Plainpicture

ISBN 978-2-7021-9178-1

À ma mère

Nous ne voyons pas les choses telles qu'elles sont,
nous les voyons telles que nous sommes.

Anaïs Nin

Tous les secrets existent d'une double action.
Ceux qui cachent, et ceux que rien n'incite à voir :
ni la connaissance, ni l'envie.

Ondine Millot, *Les monstres n'existent pas*

— 1 —

Céline saisit les anses de son bagage, le dépose sur un siège libre et allonge avec soulagement ses jambes devant elle. Une minute plus tôt, le train était encore bondé. Coincée entre trois personnes, recroquevillée, elle s'était sentie étouffer. Serré contre elle, son gros sac l'écrasait presque. Puis le train s'est arrêté en gare d'une ville de banlieue. Les portes se sont ouvertes et la quasi-totalité des passagers s'est précipitée vers la sortie. À présent, elle est seule dans le wagon et peut enfin respirer. Prendre les transports en commun aux heures de pointe est un enfer, en particulier le vendredi soir à la sortie des bureaux, en direction de la banlieue parisienne. Elle se félicite de ne pas avoir à vivre cela régulièrement. Elle paie certes une fortune pour se loger dans un studio à Nation, mais au moins, elle n'a pas à s'infliger de tels bains de foule journaliers.

Les portes se ferment avec le bruit caractéristique d'une bouteille d'eau pétillante dont le gaz s'échappe, et le train redémarre. Il progresse lentement. Peu à peu, il quitte la banlieue. Les villes, moins grises, se teintent de verdure. Les gares se font de plus en plus petites. Le train laisse derrière lui les enfilades de quais modernes, accessibles par plusieurs escalators. L'apparition des gares à voie unique marque la frontière invisible entre la banlieue et la province, ou la région, comme disent certains, selon le degré de condescendance que l'on accorde à cette part de France. Aux belles plates-formes lisses mais bétonnées succèdent des quais en terre battue bordés de mauvaises herbes. Encore quarante-cinq minutes et elle arrivera à Reuilly-les-Étangs. D'après le GPS de son téléphone, il lui faudra ensuite marcher trente bonnes minutes pour atteindre le château. Au départ, elle s'était dit qu'une bonne âme l'emmènerait certainement en voiture au village, cela se fait souvent à la campagne. Elle commence cependant à douter de son plan. Au rythme où le train se vide, elle sera probablement seule à descendre en gare de Reuilly-les-Étangs. Céline tourne la tête vers la fenêtre mais ne colle pas son front contre la vitre, on ne sait jamais qui est passé avant. Dehors, la luminosité baisse et elle soupire à l'idée de devoir porter son sac, seule, de nuit. Octobre est frais et elle n'a pas hâte d'affronter le vent. Était-ce vraiment une bonne idée d'accepter l'offre de Victoire ?

Pourtant, après leur coup de fil, la suggestion de son amie lui était apparue comme une bénédiction : une semaine dans un château niché au cœur du Vexin français, hébergement, activités et nourriture inclus. Au programme : séances de yoga, de méditation, et entretiens avec plusieurs intervenants, dont un maître à penser renommé sur Internet. Victoire avait reçu de son ex une inscription à cette retraite spirituelle. L'homme, médecin militaire, avait besoin d'une pause mais avait été envoyé en mission au dernier moment. Il lui avait proposé d'y aller à sa place, tout était déjà payé et, bien sûr, les frais n'étaient pas remboursables. Victoire n'avait pas eu le cœur de refuser l'offre mais franchement, qu'aurait-elle fait d'une retraite spirituelle ? Elle avait déjà beaucoup de travail et peu de temps pour elle, alors si elle prenait des vacances, ce n'était certainement pas pour se lever au chant du coq et suivre un régime sans alcool.

Au départ, Céline avait contacté son amie dans l'idée de lui annoncer sa nouvelle résolution : elle avait décidé de tirer un trait sur Sören. Elle avait bloqué son numéro et arrêté de suivre son profil sur les réseaux sociaux. Au cours des premières heures, cette purge avait été un soulagement. Enfin, après un an de relation, elle reprenait sa vie en main. Elle n'allait plus vivre pour quelqu'un d'autre. Mais très vite, sa détermination s'était étiolée. Elle avait senti le manque l'envahir, le vide. Céline s'était sentie faiblir. Alors, pour être sûre de ne pas replonger, elle avait contacté Victoire pour en faire le témoin moral de sa décision. Mais la conversation avait pris un tournant que Céline n'avait pas prévu. D'après Victoire, l'appel de Céline était comme un signe, une synchronicité même, si on souhaitait rester dans le thème du séjour ! Céline s'était efforcée d'écouter son amie. Elles avaient discuté yoga, oui, elle pratiquait encore, de temps en temps. Au bout de quelques minutes, elle n'avait pas pu s'empêcher de ramener la conversation sur Sören. Elle avait besoin de s'épancher sur sa difficulté à couper net, malgré tout ce qu'elle avait déjà subi. Que devait-elle faire, maintenant ?

— Maintenant ? Tu fais ton sac et tu pars pour Reuilly-quelque-chose ! Attends, je t'envoie les infos par e-mail.

— Pas la peine, Victoire. Je ne vais pas partir comme ça, du jour au lendemain, tu es folle.

— Tu es sûre que c'est moi, la folle ?

— Tu es cruelle.

— Allez, Céline, ne le prends pas mal ! Tu ne peux pas nier que les derniers événements ont montré que tu as un petit grain, non ? Attention, je ne te jette pas la pierre, on en a tous un. Et comment ça, tu ne peux pas partir ? Tu as mieux à faire ?

Céline avait encore un mois avant de commencer son nouveau travail, et elle n'avait en effet aucune envie de passer cette période à Houlgate chez ses parents. Il était difficile de contre-argumenter et Victoire le savait très bien.

Elle avait fini par admettre que ses journées étaient assez vides.

— Mais c'est où, ton truc, en plus ? Ça commence demain, jamais je ne pourrai y arriver à temps !

— Mais si, c'est dans le Vexin français.

— Le quoi ?

Elle avait senti l'exaspération de son amie, à l'autre bout du fil, lui apprenant que la région se trouvait à une heure de la capitale environ. Après plusieurs années à Paris, Céline aurait dû le savoir.

— Et n'oublie pas ton tapis !

Céline avait d'abord rechigné, jeté un regard dédaigneux sur l'e-mail de Victoire. Puis elle avait survolé le programme, pour enfin le lire en détail. La proposition était alléchante, et surtout gratuite. Cela ne se refusait pas.

Depuis le train, elle ouvre une nouvelle fois le navigateur Internet de son téléphone et se rafraîchit la mémoire. Vexin français : région située au nord-ouest de Paris. S'étend sur trois départements : le Val-d'Oise, les Yvelines et l'Oise.

Bien, rien d'étonnant qu'elle n'en ait jamais entendu parler. Elle restreint ensuite sa recherche à Reuilly-les-Étangs, dont la page Wikipédia est bien maigre. Reuilly-les-Étangs : village de 564 habitants (en 2010) niché dans l'Oise. Lieux d'intérêt : église, château (daté du XVIIe siècle). Le programme a intérêt à être aussi chargé que l'e-mail de Victoire le laisse entendre, songe Céline, car dans ce coin, les distractions semblent rares...

Elle abandonne ses recherches géographiques et range le téléphone dans son sac. Elle ne veut pas retomber dans l'addiction. Elle n'a plus de nouvelles de Sören depuis deux jours seulement mais le manque lui ronge déjà l'estomac. En un an, jamais elle n'a passé une journée sans le contacter, si ce n'est au cours de son hospitalisation, bien sûr. Cela dit, même dans ce cas-là, elle avait de ses nouvelles via le profil de sa mère sur les réseaux sociaux. Accrochés à leurs téléphones, ils communiquaient sans relâche, bien plus que n'importe quel couple. Mais enfin, il y a deux jours, le miracle s'est produit. Le déclic est arrivé. Elle s'est sentie prête à rompre le contact.

Le train s'arrête à nouveau. La nuit est tombée. Par la vitre, elle ne voit que son reflet. Cette fois, elle est obligée d'y coller son front. Elle forme deux œillères avec ses mains et arrive à déchiffrer le panneau dressé sur le quai. Reuilly-les-Étangs. Céline attrape son sac et saute du wagon alors que les portes sonnent déjà leur fermeture imminente. Est-ce trop compliqué d'annoncer le nom des arrêts lorsque le train arrive en gare ? Elle reprend ses esprits, passe son sac sur son épaule. Le train encore arrêté éclaire un instant la nuit. Elle avait vu juste, elle se trouve bien en pleine campagne, mais elle s'est trompée sur un point. En fin de compte, elle n'est pas la seule à être descendue ici. Devant elle, une silhouette s'avance vers la passerelle. Elle parierait sur un homme, mais maintenant que le train est parti, le lieu est à peine éclairé. Seul un lampadaire résiste à l'obscurité, et la lumière se diffuse dans un périmètre très restreint. Céline n'est pas sûre d'elle, s'agit-il vraiment d'un homme ? Sa démarche est masculine, mais n'est-ce pas un chignon qu'elle distingue pourtant sur sa tête ? Afin d'en avoir vite le cœur net, elle accélère le pas. La personne s'est arrêtée devant l'escalier, le temps d'ajuster son bagage. Céline n'a pas envie d'engager la conversation avec un inconnu, en rase campagne, de nuit, mais il doit forcément s'agir d'un participant à la retraite. Qui descendrait ici sinon ? De plus, maintenant qu'elle s'est rapprochée, elle reconnaît la forme caractéristique d'un tapis de yoga enroulé dans son dos. Au loin, le train s'élance vers d'autres villages inexplorés et laisse planer dans l'air un vague bruit mécanique. La silhouette entend enfin le pas de Céline sur la terre battue et se retourne. Homme.

— Bonsoir ! Vous allez au château ?

Céline lui répond par l'affirmative et en profite pour l'observer furtivement. Ses longs cheveux sont bien maintenus en un chignon. Il porte un pantalon large. Elle repère le début d'un tatouage. Des volutes tracées à l'encre noire partent de son cou et se prolongent sur son torse. La suite du motif est masquée sous un tee-shirt ajusté. Le tissu moulant laisse paraître sa musculature. Pour se protéger du froid, il a enfilé une veste en toile coupée à la manière d'un perfecto. Sur ses épaules, il a passé un keffieh noir et blanc. Céline n'a pas de mal à imaginer sa personnalité. La journée, il considère certainement son corps comme un temple sacré. Il boit des kombuchas et mange des graines germées. En soirée, en revanche, il n'hésite pas à avaler des pilules et à danser sur de la trance.

Ils montent péniblement les marches de la passerelle, leurs bagages à bout de bras, et se retrouvent sur un parking de fortune, vide. Il fait très sombre, il n'y a pas d'éclairage public de ce côté, et la lumière de l'unique lampadaire du quai n'arrive pas jusqu'ici. Ils sont les seuls passagers échoués dans cette campagne. Céline se résigne : elle va devoir marcher pendant trente minutes, de nuit, dans le froid, avec son sac sur l'épaule. En revanche elle ne le fera pas seule, comme elle l'avait imaginé. Elle resserre sa veste contre elle et ajoute un tour à son écharpe. Son compagnon de yoga et elle veulent s'assurer de la route à suivre avant de se lancer mais leurs téléphones ne captent aucun réseau. Ils les rangent. De fait, ils ne peuvent pas se tromper, leurs options ne sont pas nombreuses. Ils s'élancent sur la route unique, elle doit bien remonter vers le village. Ils longent une forêt. Aucune voiture ne passe, et Céline est certaine qu'elle aurait pu entendre les animaux nocturnes se réveiller si son compagnon de voyage s'accordait quelques minutes pour souffler. Finalement, elle aurait préféré faire la route seule ! Jordan, de son prénom, ne rencontre aucune difficulté à animer la conversation.

— Donc, j'étais prof de yoga à Ibiza, mais là, je suis rentré en France. J'ai vraiment besoin d'une pause pour me recentrer, tu vois ? J'avais envie de me retrouver au milieu d'inconnus, en pleine nature, pour faire le vide, retourner à l'essentiel.

Céline n'est pas novice, elle a déjà assisté à des rassemblements à vocation spirituelle, des conférences sur le développement personnel. Elle a même consulté un thérapeute holistique. La personnalité de Jordan ne devrait donc pas la surprendre. Pourtant, chaque fois, elle fait la même constatation troublante. Pourquoi est-ce au sein des activités prônant l'amour universel et l'élévation spirituelle que l'on trouve toujours les individus les plus égotistes ? Elle sent la déception poindre en elle. Cela la surprend, elle n'avait pas conscience d'avoir construit autant d'attentes autour de cette semaine. Malgré sa réticence initiale, elle a dû finir par espérer tirer du positif de cette retraite. Le programme lui plaît et elle s'était dit qu'il attirerait certainement des personnes bienveillantes. Elle avait oublié que ce type d'événement peut aussi et surtout attirer des énergumènes tels que Jordan. Céline ne l'écoute plus et s'évade dans ses pensées. Parfois, plus jeune, elle accompagnait ses parents en randonnée. Ils faisaient partie d'un groupe d'au moins une quinzaine de marcheurs. Ces jours-là, elle avait des fantasmes de paysage à perte de vue, de silence et d'introspection. Elle se voyait déjà profiter de l'air matinal, en paix. Dès les premiers kilomètres, c'était la déconvenue. Le groupe profitait de ce moment pour s'épancher sans discontinuer. Certains, bien sûr, restaient comme elle silencieux, mais cela leur valait d'être pris d'assaut par les bavards. Elle tenait le coup en se concentrant sur le pique-nique qui clôturait la marche, toujours accompagné de vin blanc.

Elle espère qu'une fois au château, un festin leur sera servi, et qu'il sera bien arrosé, remède idéal à la logorrhée de Jordan.

— 2 —

Depuis la gare, ils finissent de remonter la route et traversent le village endormi. La plupart des volets sont fermés. L'endroit pourrait passer pour un village fantôme si de la fumée ne sortait pas de plusieurs cheminées, seul signe d'une réelle occupation humaine. Céline observe cette fumée s'échapper et se mêler aux nuages. Ce n'est que le début de l'automne, mais le froid est déjà là. Le ciel est caché par un voile moutonneux dont les courbes et les creux se révèlent à l'éclat de la lune, diffus dans la masse nuageuse, à la fois compacte et transparente. Céline espère que le temps s'éclaircira. Depuis qu'elle vit à Paris, elle voit rarement les étoiles et aimerait profiter de l'absence de pollution lumineuse du Vexin pour réviser ses constellations. Jordan, lui, a visiblement épuisé le sujet de sa vie à Ibiza et s'est lancé dans l'énumération des nombreuses retraites spirituelles qu'il a suivies au cours de son existence. Ils passent devant ce qui semble être l'unique bar, fermé à cette heure, et tournent à droite. Ils en sont à Bali, où il faut absolument que Céline se rende. Ils se trouvent maintenant bien éloignés du centre. Dans ce coin de village, les habitations se font plus éparses et l'éclairage public est quasi inexistant. Bientôt, il n'y a plus que des champs à l'horizon, et toujours pas de trace du château. En guise de dernier vestige de civilisation, le cimetière se dresse devant eux.

En général, Céline n'est pas effrayée par ce genre d'endroit. La plupart du temps, elle s'y sent même plutôt bien, surtout dans les cimetières de campagne, où il reste encore de belles tombes antédiluviennes en pierre. Il y a quelque chose de mystérieux, de presque romantique dans ces stèles blanches sur lesquelles il faut déchiffrer les noms. Bien plus que dans les tombes modernes en marbre, où chaque défunt ne peut que vaguement exprimer son originalité à la forme de sa stèle, qui d'un carré sobre, qui d'un ovale plus sensuel. Certains font tout de même preuve de folie pure et optent pour une pierre en forme de goutte ! Ce soir-là cependant, Céline presse le pas. Loin des jets de fumée réconfortants, seuls devant le cimetière, l'atmosphère est lugubre. Jordan aussi semble impressionné, il a même arrêté un instant de parler. D'après le plan, le château est au bout de la route. Ils longent pendant un moment le cimetière et perçoivent au-dessus du mur les contours déformés des plus hautes stèles. Ils laissent derrière eux ces pierres érigées vers le ciel et l'immense croix, sur laquelle le corps d'un Christ de fonte se dessine.

Ils atteignent enfin leur destination. Devant eux, un long mur de pierre est scindé en son centre par une arche de brique. Au sein de cette dernière, une lourde grille en fer forgé a été montée. Entre les barreaux, Céline devine un vaste parc. Accolée à l'arche se trouve une maison, elle aussi en brique rouge. Sa fenêtre diffuse une légère lumière. Il doit s'agir de l'ancien repaire du gardien, de toute évidence encore habité. La grille est fermée mais, heureusement, pas verrouillée. Après un tour de poignée, ils réussissent à la pousser facilement. Céline s'attend à entendre un grincement sonore pourtant les gonds restent presque muets. Ils ont dû être méticuleusement huilés afin que le bruit n'incommode pas les occupants de la maison du gardien. Personne n'aime se faire déranger par l'ouverture d'un portail gémissant.

Ils suivent le chemin de terre battue. Ici, le silence est encore plus grand qu'au centre du village. À bien y réfléchir, elle préférerait peut-être être avertie si quelqu'un ouvrait la grille en pleine nuit. Elle frissonne et s'approche discrètement de Jordan. Ils continuent leur parcours, devinent à la fin de la petite route les contours du château. Il y a bien longtemps, une rangée de platanes a été plantée de chaque côté de l'allée. Leurs longues branches arachnéennes se découpent au-dessus de Céline et Jordan, plusieurs feuilles chargées d'humidité menacent de finir leur vie sur leurs têtes. Ils progressent jusqu'à l'entrée du château, guidés par une unique ampoule allumée au-dessus du porche. Elle n'est pas puissante, mais suffisante pour révéler certains détails de l'endroit, et Céline se fait une première idée de la bâtisse.

À dire vrai, il s'agit plutôt d'un imposant manoir. Le lieu est certes impressionnant, mais de taille modeste. Tout comme la maison du gardien, les murs sont principalement construits de brique rouge. Mais ici, ils sont habillés de motifs géométriques tracés par des pierres blanches. Cela rappelle étrangement à Céline les graffitis de Space Invaders cachés un peu partout dans la capitale. Les contours suivis par les pierres blanches n'ont pourtant rien à voir avec ces mignons aliens. Elle a plutôt l'impression de se trouver devant une façade marquée de runes oubliées, d'un avertissement écrit dans un langage mystérieux et occulte. À d'autres endroits, les pierres blanches tracent dans la brique rouge un ovale parfait, comme si on y avait accroché un portrait dont seule la toile avait traversé les âges. Au-dessus du rez-de-chaussée repose l'étage principal et sa ligne de fenêtres à deux vantaux. Et plus haut, Céline devine le toit en ardoise sur lequel se détache une rangée de lucarnes. Sans doute les combles. Toujours au niveau du toit, elle aperçoit une pointe fendre l'obscurité. Elle la suit des yeux et devine le profil d'une tour qui se découpe dans la nuit, brandie telle une flèche prête à blesser. Le château dégage une atmosphère inquiétante. Ou est-ce la nuit qui ne lui rend pas justice ?

Le lendemain, premier jour de stage. Céline est réveillée à sept heures par un bruit sourd. Elle se tourne de l'autre côté et souhaite se rendormir, mais le bruit persiste. Elle se relève légèrement sur l'oreiller sans renoncer tout de suite au sommeil, et garde les yeux fermés. Elle identifie enfin le son et le relie au gong qui trône en bas de l'escalier, sur le sol en marbre de l'entrée. Que quelqu'un soit déjà debout à taper sur l'instrument comme un damné la dépasse. Et qui, de nos jours, possède encore un gong ? Un nostalgique de la bonne société anglaise du début du XXe siècle, qui utilisait cet instrument pour annoncer le dîner ? (Du moins, c'est ce que montrent les adaptations des histoires d'Hercule Poirot au cinéma.) Sa retraite spirituelle prend des airs d'enquête écrite par Agatha Christie. Il faudra qu'elle envoie un message à Victoire. En lui cédant sa place, son amie avait vu juste sur l'heure matinale du réveil. En revanche, elle s'était trompée sur le moyen, aucun coq n'est impliqué dans cette histoire !

Céline se frotte le visage et se demande si le chant de l'animal n'aurait pas été préférable à cette version bouddhique. Le jour ne filtre pas encore à travers l'interstice laissé entre les deux épais rideaux de velours bleu, il est trop tôt, et elle n'a pas envie de sortir du lit. L'avant-bras qu'elle a laissé dépasser de l'épais édredon lui confirme ses soupçons, la pièce est froide, et elle rechigne à exposer d'autres parties de son corps à cette température. Le château a bien sûr été modernisé, mais aucune technologie ne serait capable de chauffer correctement un tel endroit. Dans un effort, Céline se soulève en position assise et s'accorde encore un moment. Elle en profite pour observer la chambre. Sa forme rectangulaire est terriblement classique. Un instant, la veille, elle avait cru qu'ils seraient logés dans la tour et s'en était réjouie. Quand elle était enfant, ses parents et des amis avaient emmené leurs familles passer des vacances dans un manoir. Les jeunes avaient tous été logés dans la tour et elle en garde un souvenir émerveillé. Ici au château, chacun jouit d'une chambre personnelle et cela n'est peut-être pas plus mal. Adulte, on apprécie moins les dortoirs et le manque d'intimité. Mis à part la température et les horaires infernaux, elle n'a pas à se plaindre, sa chambre est confortable. L'intérieur du château a le charme inquiétant d'une demeure victorienne. Sa chambre est meublée à l'ancienne. Elle constate tout de même que la décoration historique est le résultat d'un joyeux mélange anachronique plutôt qu'une fidèle reproduction. Elle en veut pour preuve la chaise Louis XV installée juste à côté d'une commode Louis-Philippe. Au sol, le parquet en point de Hongrie est recouvert d'un tapis coloré. Est-ce un véritable Aubusson ? Au pied de son lit est posé un lourd coffre au bois piqué. Deux fauteuils crapauds sont disposés devant une cheminée condamnée. Au cœur du foyer, un vase en verre multicolore, à dominante orangée, contient des hortensias séchés depuis de nombreux étés. Les murs sont couverts d'anciens portraits encadrés. Vu leur nombre, il ne doit pas uniquement s'agir des précédents occupants de cette maison. Est-ce qu'un jour, son portrait sera lui aussi vendu en brocante par des descendants peu respectueux et viendra se perdre au milieu d'autres inconnus afin de décorer une chambre d'hôtel ? Céline en veut à ses futurs héritiers puis se souvient qu'elle n'a jamais fait encadrer de photo d'elle-même. Elle n'a d'ailleurs pas d'enfant non plus. Céline a toujours aimé les objets, au point de se méfier des adeptes du minimalisme. Si elle reconnaît volontiers que l'accumulation excessive de possessions est probablement le signe d'une pathologie, elle se méfie bien plus de ceux qui cherchent le bonheur dans une décoration stérile. Derrière le minimalisme se cache, d'après elle, un excès de contrôle pour lequel elle éprouve beaucoup moins d'empathie que pour l'absence de limite des accumulateurs chroniques ! Sa carrière d'assistante muséographe au musée des Arts décoratifs lui permet d'assouvir sa passion pour les objets dont la fonction a été perdue dans les couloirs du temps. Il y a un bibelot qu'elle a pourtant toujours abhorré, et un exemplaire en est justement disposé sur la tablette de la cheminée. Une couronne de fleurs, conservée dans son globe, semble prête à tomber en miettes sur un coussin de velours décoloré. La couronne a probablement été à l'origine conservée par une mariée optimiste, qui avait pour projet d'y ajouter au cours de sa vie différents objets symboliques (fruit pour la prospérité, oiseaux pour la fécondité, etc.). Le résultat final a peut-être été grandiose un temps, mais désormais l'aspect défraîchi des fleurs ne fait que rappeler la condition actuelle de la mariée, c'est-à-dire probablement morte depuis longtemps. Céline frissonne à l'idée de cette association malsaine. Elle espère au moins que la vie amoureuse de cette mariée a été plus heureuse que la sienne… La découverte de la chambre a jusqu'alors tenu Sören au large de son esprit, et Céline s'escrime à l'y laisser. Mis à part le globe, elle se fait à la décoration, et une fois sortie de sa torpeur, elle apprécie enfin sa chance de se réveiller dans un lit à baldaquin.

La veille, à leur arrivée, Jordan et elle ont été accueillis par la maîtresse de maison. Anne possède ce mélange d'autorité naturelle et d'efficacité pratique qui caractérise la petite noblesse provinciale. Cette petite noblesse-ci est cependant désargentée et, pour conserver le château familial, Anne n'a pas hésité à s'installer dans la maison du gardien. Cela lui permet d'ouvrir la bâtisse principale à toutes sortes d'événements, comme des retraites spirituelles. Le reste de l'année, elle loue également des chambres. Anne leur a expliqué cela en les conduisant vers la salle à manger où le reste du groupe s'était déjà rassemblé autour d'un grand feu. Ils ont dîné ensemble d'une simple quiche de brocolis accompagnée d'une salade et de fromage. Et Céline a malheureusement constaté que Victoire avait vu juste sur ce point aussi : le séjour était sans alcool. Une fois le repas terminé, personne ne s'est attardé. Chacun voulait se coucher tôt en prévision du réveil matinal, ils feraient connaissance plus tard.

Céline sort enfin du lit et frissonne. Elle court vers sa valise ouverte à même le sol et enlève à toute vitesse son pyjama. Elle saute dans son pantalon. Elle enfile un soutien-gorge de sport, un tee-shirt, et se couvre d'un gros pull en laine. Elle attrape ses chaussures d'intérieur et s'installe sur la chaise Louis XV pour les nouer. Avant de partir, elle jette un œil au miroir de style Art déco accroché au-dessus d'une console marquetée. Elle ne peut tout de même pas descendre sans se coiffer. Elle attrape sa trousse de toilette déposée près du lavabo, caché derrière un paravent peint à la main, et en sort une brosse. Elle démêle grossièrement ses cheveux et les attache. Elle s'en tient là et ne tente même pas d'extirper de sa valise la trousse de maquillage. De toute façon, après une collation, ils sont tous attendus sur leur tapis de yoga. Elle va de toute évidence transpirer, alors inutile de faire trop d'efforts pour s'apprêter.

Elle quitte sa chambre et longe le couloir encombré. Là aussi, la décoration est riche. Plusieurs commodes se suivent et toutes exposent de nombreux bibelots : biscuits de porcelaine, boîtes laquées, maquette de voilier, vases, chandeliers. Elle repère aussi un œuf en bois peint, typique des régions slaves. Chaque fenêtre crée une étroite alcôve dans laquelle ont été disposés une banquette tapissée et plusieurs fauteuils. Céline aurait pu se sentir invitée à s'y attarder si on n'y avait pas installé plusieurs poupées anciennes. Le papier peint mural, représentant des torsades de fleurs jaunes, est défraîchi. Il est recouvert de crucifix et d'anciennes photos encadrées. Comme dans la chambre, il y a plusieurs portraits, mais aussi des clichés du château pris depuis le parc, à une autre époque. Céline n'a pas le temps de les détailler et se presse pour emprunter l'imposant escalier en pierre. Une fois dans l'entrée, elle tourne à droite. Si elle se souvient bien, Anne leur a donné rendez-vous dans la cuisine, mais elle n'est plus certaine de l'emplacement de la pièce. Il lui tarde d'avoir un peu de temps libre pour explorer l'endroit, et surtout la tour. Hier, elle n'a pas pensé à demander à la maîtresse de maison si elle était accessible. Ce détail architectural l'inquiète autant qu'il l'intrigue. Elle pousse une porte derrière laquelle s'échappe un brouhaha étouffé. Elle s'est bien orientée et tombe sur le groupe, déjà installé autour d'une grande table en bois. Timidement, elle lance un « bonjour » général. Elle ne connaît pas encore les noms de ses neuf camarades, même si la veille, chacun s'est présenté, et n'identifie que Jordan, moulé dans un tee-shirt échancré, aux manches courtes, malgré la température.

Anne l'invite à prendre place sur un banc et lui propose thé vert et yaourt au miel. Céline accepte les deux. Elle ne fait pas partie de ceux qui préfèrent pratiquer le ventre vide. D'ailleurs, elle ne fait jamais rien le ventre vide. La cuisine est vaste et les ustensiles anciens. Au-dessus du plan de travail, la fenêtre est assombrie par les longues branches du platane le plus proche. Anne, drapée dans un châle rouge aux motifs dorés, dépose avec vitalité tasse et bol devant Céline, puis s'installe avec eux à table. Assise sur une imposante chaise en bois sombre sculptée, elle préside l'assemblée. Elle porte une tasse à ses lèvres, et Céline l'observe. Elle est fascinée par les gestes précis des femmes sûres d'elles. Sa façon de tenir l'anse, de plier le coude, de déglutir est dénuée de tout maniérisme, mais n'est pas rustre pour autant. Céline aime cette manière d'effectuer avec simplicité des gestes anodins. Elle ne connaît pas encore très bien Anne mais s'en fait déjà l'idée d'une femme incapable de fausseté. Leur hôtesse n'est jamais en représentation puisqu'elle est légitime.

Loin de ce naturel sophistiqué, Céline souhaiterait retenir chaque détail pour les imiter. Car Céline a conscience de chacun de ses mouvements. Elle se contrôle pour ne pas souffler trop bruyamment sur son eau chaude mais ne peut s'empêcher de dévorer son yaourt, et espère ensuite ne pas avoir été observée par ses voisins.

Anne repose sa tasse et se racle la gorge pour faire une annonce. Tous les jours, rendez-vous est donné à la cuisine pour ceux qui souhaitent une collation avant la séance de yoga matinale. Ce matin, après leur cours au studio avec Carolina, un brunch sera servi dans la salle à manger où ils ont dîné la veille. Le planning de la semaine y est accroché. Selon les jours, l'après-midi est consacré soit au yoga, soit aux interventions avec d'autres participants.

— Si vous le souhaitez, vous pouvez me rejoindre à seize heures, je vous ferai faire le tour du propriétaire, conclut-elle. Prenez de bonnes chaussures et une veste, car nous sortirons également dans le parc. Tout le monde a fini. On y va ?

Anne est déjà debout. Avec une seconde de latence, chacun se lève à son tour, de façon désordonnée, et les deux bancs situés de part et d'autre de la table raclent le sol en damier noir et blanc. Le groupe se retrouve dans l'entrée, devant l'escalier. S'ensuit une grande confusion. Ceux qui préfèrent pratiquer avec leur tapis personnel l'ont laissé dans leur chambre. La moitié du groupe s'élance dans l'escalier. Céline en fait partie. En chemin, Jordan lui demande si elle a bien dormi. Elle le laisse devant la porte de sa chambre. Quelques minutes plus tard, ils encerclent à nouveau Anne dans l'entrée et peuvent enfin être conduits au studio. La châtelaine leur fait traverser la salle à manger où ils ont dîné la veille puis une longue bibliothèque. Anne leur raconte que les deux pièces ont pendant longtemps été séparées par un fumoir, dont elle a depuis fait abattre les murs. Elle a préféré répondre à la mode des grands espaces plutôt que de conserver une enfilade de petites pièces. De plus, la condition des femmes a évolué, et il est maintenant rare de voir les hommes s'isoler après le repas. À cela s'ajoute l'interdiction de fumer dans le château pour raisons de sécurité, et Céline admire la façon subtile de leur rappeler la règle.

Les pièces sont tout aussi encombrées qu'à l'étage, et Céline a envie de s'y attarder pour étudier chaque objet qu'elles recèlent, mais il faudra attendre car le groupe avance. Puis Anne les arrête devant le mur couvert d'un papier peint de couleur sombre richement décoré d'oiseaux exotiques qui se perdent dans des volutes dorées. Leur hôtesse attrape alors un tout petit anneau et le tire vers elle. Une porte jusque-là invisible s'ouvre et dévoile un escalier de pierre en colimaçon. La tour ! pense Céline. Les marches sont étroites et ils doivent les emprunter l'un à la suite de l'autre. L'opération prend un temps fou : c'est leur premier jour, tous veulent faire bonne figure et chacun propose à son voisin de passer devant. Laborieusement, ils atteignent enfin un premier palier et Anne les fait pénétrer dans une pièce. Le studio de yoga est donc installé dans la tour. Un petit autel est dressé : une statue de Bouddha y trône. Les murs sont habillés de tentures aux couleurs vives, l'atmosphère est déjà chargée d'encens délicieux. Au milieu de ses nouveaux camarades, Céline oublie tout de son sentiment de la veille, de son angoisse devant l'aspect extérieur de la bâtisse. Anne s'assure que personne n'a été perdu en cours de route et leur présente Carolina, leur professeure. Elle leur souhaite bon courage avant de se retirer.

Quelques rires timides s'élèvent à la suite du sous-entendu de leur hôtesse. Allaient-ils réellement avoir besoin de courage ? Pourtant, Carolina a un air si doux. Avec sa couronne de tresses sur la tête, elle leur adresse un sourire maternel. D'un accent charmant presque indétectable, elle se présente. Carolina est suédoise et sera l'une des deux professeures de yoga tout au long de leur retraite. Suédoise ? La blague ! Comment, dans ces conditions, Céline pourrait-elle oublier Sören ?

Carolina les invite à prendre place sur les tapis déjà installés dans la pièce. Les yogis venus avec leur équipement personnel se retrouvent embêtés et comme un peu plus tôt au pied de l'escalier de l'entrée, s'ensuit un moment de confusion. Les sans matériel fixe se dirigent vers une place alors que les autres roulent les tapis déjà installés puis les remisent au fond de la pièce. Petit à petit, les rangées se remplissent, celle de devant en dernier. Carolina les attend sereinement, assise en tailleur sur une brique en liège. Chacun s'installe dans le silence, car on discute rarement au yoga. Carolina leur propose de trouver une position confortable, à même le tapis, ou comme elle sur une brique, s'ils le désirent. Ils peuvent aussi se servir du bolster à leur disposition, cette sorte de gros polochon utilisé pour certaines poses.

— Je vous souhaite la bienvenue ! Nous allons passer une semaine ensemble, et j'espère que vous sortirez de cette expérience avec plus de vitalité. La nouvelle lune d'octobre se prépare. Les Premières Nations d'Amérique ont un nom pour chaque nouvelle lune. Celle qui vient s'appelle la lune des feuilles tombantes. C'est le bon moment pour élaguer les arbres, car les jeunes oiseaux sont partis et ne seront donc pas dérangés. C'est la période où l'on taille et où l'on prépare la nature à l'hiver. Mais c'est également le moment de rentrer ses plantes les plus fragiles pour les protéger. Je vous propose donc de combiner ces deux énergies au cours de nos séances. Nous allons nettoyer et mettre de l'ordre dans le corps et l'esprit, mais aussi nous accorder un temps de repos et d'apaisement.

Carolina a une voix grave agréable. Céline aime déjà l'écouter. Face à elle, elle se sent protégée, rassurée. Elle sait que cela est irrationnel, mais elle veut croire que la professeure de yoga a le pouvoir de faire en sorte que tout se passe bien. Il suffit de suivre ses instructions, et la vie deviendra une suite d'événements doux et heureux. Elle lui pardonnerait presque ses origines nordiques. Chaque session sera dédiée à l'exploration d'un ou plusieurs chakras : le chakra racine, le chakra sacré, celui du plexus solaire, celui au niveau du cœur, de la gorge, du troisième œil et enfin, le chakra couronne. Ils commencent aujourd'hui par Muladhara, le chakra racine, au niveau du périnée. Le travailler leur permettra, d'après Carolina, de se sentir plus ancrés.

Céline n'a jamais vraiment compris ce que cela voulait dire, se sentir ancrée, mais elle est prête à faire tout ce que Carolina dira. Ensemble, ils ferment les yeux et prennent plusieurs longues respirations. Ils joignent les mains en prière et les amènent sur leur poitrine. Carolina leur demande de prendre une nouvelle inspiration et de chanter le son *om* à l'expiration. Céline n'ose pas. Ses voisins ne partagent pas sa timidité, au contraire, ils n'hésitent pas à donner de la voix. Elle essaie de ne pas les juger mais ne peut s'empêcher de penser que certains auraient dû s'abstenir, notamment sa voisine de tapis, une femme bien charpentée, qui s'en donne à cœur joie. Leur chant dissonant masque la voix harmonieuse de Carolina. Puis ils se lèvent et commencent par masser leurs orteils et le reste du pied. Leur professeure leur parle du *tapping*. Cette technique est censée réveiller leur énergie. Chacun forme donc un poing avec sa main et vient taper le long de sa jambe droite, en remontant. Au niveau du ventre, ils opèrent plusieurs cercles dans le sens des aiguilles d'une montre, puis redescendent le long de l'autre jambe en la tapant de leur poing. Céline apprécie cette façon de démarrer la séance, elle n'avait jamais vu ça ailleurs. Elle commence vraiment à se réjouir de cette retraite. Puis la professeure leur fait prendre leur premier chien tête en bas, et à partir de là, tout s'accélère. Ils enchaînent les poses et très vite, Céline sent l'énergie quitter ses bras. Et quoi, il faudrait maintenant qu'elle attrape sa jambe ? Mais comment font les autres ? Jordan, lui, s'en sort très bien, il fait autant preuve de souplesse que de force. Bien sûr, dès que la situation le permet, il prend toujours la version la plus avancée de l'asana. Ainsi, alors que tout le monde est en position du corbeau, c'est-à-dire en équilibre sur les mains, les genoux contre les bras et les pieds en l'air, lui se soulève en *headstand*, a priori sans effort.

Au bout d'une heure et demie, Carolina les invite enfin à s'allonger sur le tapis, et Céline accueille avec soulagement ce moment de relaxation. Elle tend la main pour récupérer ses chaussettes et mettre ses pieds au chaud pendant Shavasana, mais s'aperçoit vite de son erreur.

Au lieu de ralentir, Carolina leur demande de saisir une brique en liège entre leurs cuisses et part pour une séance d'abdominaux.

— Vous sentez que ça brûle ? Eh bien, imaginez un feu à la place de votre ceinture abdominale, et mettez-y tout ce dont vous voulez vous débarrasser. Faites brûler vos frustrations, vos peines, votre fatigue, vos doutes et vos émotions négatives !

Après vingt-cinq minutes de souffrance à imaginer Sören fondre dans un feu ardent, Céline peut enfin déposer la brique au sol et attraper ses chaussettes. Cette fois-ci, la relaxation finale va démarrer. Elle enfile aussi son pull, car malgré l'effort, elle se refroidit vite. Elle s'allonge sur le tapis et glisse le bolster sous ses genoux. Elle se drape d'une couverture et s'installe. Leur belle Suédoise leur demande de placer une brique en dessous de leur tête, l'arête contre la base du crâne. Il existe plusieurs points de pression à cet endroit. Céline tourne la tête à gauche et s'arrête à mi-chemin. Carolina avait raison, ici, la brique appuie particulièrement contre son crâne, cela en est douloureux. Elle suit les instructions et respire profondément. La tension fond progressivement, comme si un liquide coulait dans son crâne, comme si ses os se ramollissaient. Elle renouvelle l'opération de l'autre côté, puis replace sa tête au centre. Carolina leur demande de rester immobiles et le sommeil saisit Céline. Lorsque l'instructrice se penche sur elle pour replacer la couverture et glisser ses mains le long de ses tibias, Céline se sent comme une enfant. Elle éprouve de la honte à aimer être maternée de la sorte. Malgré des années d'évolution, est-ce donc à cela qu'aspirent réellement les humains de tout âge, retrouver les bras de leur mère ? Elle met ses interrogations de côté et décide plutôt de profiter de l'instant. Elle s'adonne avec plaisir au voyage. Projetée des années en arrière, elle est frappée par la sensation oubliée des nuits passées dans le petit lit, nom que l'on donnait à sa couche chez ses grands-parents. Les quatre côtés de ce lit d'enfant étaient si hauts que lorsqu'elle était couchée sur le matelas, elle avait l'impression d'être protégée par une forteresse. Sur elle, l'épaisse couette en plume d'oie lui apportait un bouclier supplémentaire. Et pour éloigner définitivement les terreurs nocturnes, elle pouvait compter sur son frère et sa sœur qui partageaient la même chambre qu'elle. Lorsque Carolina les invite à s'étirer, elle espère ne pas avoir ronflé. Puis tous se redressent et, assis sur leur tapis, entonnent un dernier *om*. Céline n'ose toujours pas se joindre à eux mais peut mieux profiter du moment. Cette première séance a déjà un effet incroyable, puisqu'ils chantent en harmonie.

— 3 —

Après le cours, ils quittent la tour les uns derrière les autres. Ils font le chemin inverse, traversent la bibliothèque, et se retrouvent dans la salle à manger où, comme annoncé par Anne, un buffet les attend. Céline accueille ce repas avec plaisir, elle a le ventre creux après ces trois heures de pratique. Le choix est restreint mais les plats ont l'air faits maison. Elle se sert en légumes grillés et cake au chèvre et à la courgette. En dessert, elle essaie la verrine de graines de chia gonflées dans du lait d'amande et recouvertes d'une purée d'abricot. À la fin du repas, elle sait à quoi s'en tenir : elle ne mourra pas de faim mais ne verra pas de viande ni d'alcool avant une semaine. Victoire a eu beau jeu de se moquer de ce mode de vie, Céline, elle, va l'adopter. Après la séance avec Carolina, elle a envie de célébrer son corps, de lui faire du bien. Tout à coup, la philosophie de Jordan lui paraît moins ridicule. Cette retraite constituera un nouveau départ pour elle. Elle va se concentrer sur sa santé et oublier Sören. Le planning accroché au-dessus de la cheminée indique que la prochaine séance de yoga a lieu à treize heures. Décidée, elle monte dans sa chambre se reposer un moment, pour être suffisamment en forme avant d'attaquer l'après-midi.

Il est à présent quinze heures quarante-cinq et Céline sort de la douche. La séance n'a pas été aussi relaxante qu'elle l'avait présagé. Il s'agissait d'un cours de yin yoga. Contrairement au yang de ce matin, cette pratique est plus douce, axée sur la méditation et la souplesse. Certes, le rythme a été beaucoup plus lent que le matin, puisque le principe de la séance consistait à tenir chaque position pendant plusieurs minutes. Mais les positions, elles, n'étaient pas sans douleur ! La souplesse de Céline a été mise à rude épreuve, et souvent, pour supporter les dernières minutes, elle a dû faire appel à sa force mentale. Quelquefois pourtant, elle a trouvé du plaisir dans la douleur. Grâce aux indications de Carolina, elle a pu s'abandonner et ne pas lutter contre la position. Dans la position du dragon, par exemple, elle a d'abord failli abandonner. Au départ à quatre pattes, il faut ensuite placer son pied droit entre ses mains. La jambe gauche se tend puis est poussée vers l'arrière afin d'exacerber la sensation d'étirement. Le genou gauche se pose ensuite sur le sol. Cette première phase, Céline a pu la tenir assez bien. Les choses se sont corsées lorsqu'elle a dû poser les coudes au sol. Son dos a refusé de se baisser suffisamment, ses hanches ont crié au scandale, et son coude gauche est resté en lévitation. Grâce aux encouragements de Carolina, elle s'est accrochée. Petit à petit, elle a utilisé sa respiration pour contrôler sa résistance. À la dernière minute, elle a enfin senti son dos se baisser, comme si un verrou situé dans sa hanche avait été ouvert, et elle a presque réussi à déposer son coude sur le tapis.

Céline quitte la salle de bains commune et se dirige vers sa chambre en vitesse, enroulée dans sa serviette. Elle court, à la fois pour ne pas être surprise dans cette tenue et pour chasser le froid. Elle entre en trombe dans sa chambre et, avec beaucoup de courage, jette sa serviette à terre, seul rempart qui la protégeait quelque peu contre la température. Elle s'habille, choisit une paire de chaussettes propres et attrape ses chaussures de marche en prévision de leur balade dans le parc. Elle se coiffe et est prête à rejoindre Anne dans la salle à manger. Elle ne va plus pratiquer d'activité physique aujourd'hui mais décide tout de même qu'il est inutile de se maquiller. Ici, entourée de nature, elle a envie de laisser respirer sa peau. Et il faut bien avouer qu'elle n'a pas envie de plaire.

Céline atteint le bas de l'escalier. Ils ne sont que six à entourer Anne, les autres ont visiblement préféré se dispenser de la visite. Elle reconnaît Jordan, évidemment, et aussi Sarah. L'énergique femme lui adresse un sourire. Elles se sont trouvées côte à côte lors du dernier cours de yoga et ont tissé un lien indicible et particulier, celui qui se construit dans la douleur partagée.

Anne a toujours son châle rouge autour des épaules et a enfilé des bottes en caoutchouc, dont le bout vert dépasse de sa longue jupe noire. Céline reprend immédiatement la contemplation entamée au petit déjeuner. Le visage de la maîtresse des lieux présente quelques marques de vieillissement, des rides autour des yeux, la peau du bas du visage un peu détendue. Céline lui donne entre quarante et cinquante ans. Elle garde ses cheveux châtains très longs et les maintient dans une demi-queue grâce à une pince accrochée derrière la tête. Céline se demande si leur longueur est une marque de féminité ou un manque de coquetterie, car Anne ne semble pas leur apporter beaucoup de soin, ils ont même l'air un peu secs. Anne se drape dans d'amples vêtements et il est difficile de distinguer sa silhouette sous le châle qu'elle n'a pas quitté de la journée, mais on devine facilement qu'elle n'est pas mince, et cela renforce la tendresse de Céline. Elle sait bien qu'elle ne devrait pas en vouloir aux femmes longilignes mais tout de même, elle se sent plus à l'aise entourée de formes callipyges comme les siennes. Céline continue d'observer Anne. Leur hôtesse, peu apprêtée, réussit pourtant à laisser traîner dans son sillage un parfum de sophistication.

Ils se dirigent vers la salle à manger. Près de la fenêtre, le plus charmant des fauteuils est installé, un confident. Céline rêve de meubler son salon d'un double siège spiralé comme celui-ci. Les deux assises, face à face, invitent au secret et à l'intimité. Malheureusement pour ses ambitions décoratrices, son studio parisien ne lui permet de posséder qu'un canapé, convertible qui plus est. Elle a une folle envie de prendre place sur le confident mais se retient. De fait, y aurait-il vraiment un sens à s'y asseoir seule ? La seule chose qu'elle pourrait contempler, c'est la place vide en face d'elle. Des souvenirs douloureux la submergent, alors elle se force à écouter Anne. Postée devant la fenêtre, celle-ci leur montre la vue sur le parc et la grille de l'entrée. Puis ils traversent à nouveau la pièce et s'arrêtent devant la cheminée. Anne tend la main vers le portrait qui la surmonte.

— Je vous présente le duc de Reuilly-les-Étangs, Gustave de son petit nom.

Jordan croit bon d'ajouter qu'à l'époque, on ne souriait pas tellement sur les portraits, et cela irrite Céline. Sous ses airs de Bouddha réincarné, Jordan a des réflexions communes. Anne, en revanche, accueille sa remarque avec bonne grâce, et Céline s'en veut d'être aussi mesquine.

Anne n'est pas une descendante de Gustave et en sait peu sur lui. Sa famille a acquis le château longtemps après la mort du duc, au milieu du XIXe siècle. Il reste à Anne beaucoup d'archives à éplucher, mais le peu d'informations dont elle dispose n'est pas très flatteur. Il avait la réputation d'être un tyran domestique et un escroc avare dans la région.

Anne les invite à la suivre dans la pièce suivante, la bibliothèque. En chemin, Céline remarque la collection de théières en porcelaine exposée sur une étagère près de la cheminée, mises sous la protection des ancêtres et des nombreux crucifix accrochés au mur.

Dans la bibliothèque, baptisée la pièce de Marie, le groupe se poste devant le foyer et observe un portrait, celui de la femme de Gustave. Anne a toujours connu ce portrait accroché ici, alors que celui du duc a été retrouvé dans les combles. Il a été installé en pendant à celui de Marie lorsque Anne a repris le château, après la mort de ses grands-parents.

Céline observe le visage de Marie, mais la forme de ses traits ne lui révèle évidemment rien sur son caractère ou sa personnalité. Malgré sa passion pour les objets décoratifs, elle s'y connaît peu en peinture. Ce qui l'émeut, c'est de toucher un objet qui a servi. Elle entre alors en connexion avec ses anciens propriétaires et se plonge dans leurs vies. Elle imagine leurs habitudes, pose à son tour le doigt là où tant d'autres passages ont lissé le matériau. Ses études de muséographie l'ont aussi amenée à étudier les portraits à travers les siècles, sans pour autant y trouver la même connexion. Elle reste spectatrice de la toile et, paradoxalement, ne tisse pas de lien avec le sujet représenté. Chaque fois c'est pareil, tous les visages anciens lui semblent identiques. Avec sa peau blanche, son nez fort, sa petite bouche rouge et ses incroyables sourcils tracés en arc de cercle infini, la duchesse a un air étonné. Cet air, Céline le reconnaît, c'est celui de toutes les contemporaines de Marie suffisamment aisées pour s'offrir un portrait. Elle ne saurait dire si la première maîtresse du château était une belle femme, et encore moins si les boucles légères formées sur son front mettaient ses traits en valeur. Elle préfère ne pas songer à ce que penseraient ses collègues s'ils avaient connaissance du vide qui la traverse face à un portrait. Elle sait cependant déterminer la valeur d'un tableau et reste troublée de savoir qu'à une époque, le portrait du propriétaire du château a été relégué au grenier. Son sens professionnel lui fait reconnaître l'importance pour une demeure historique de faire trôner une œuvre de ce genre à une place de choix. Qui a pu prendre une telle décision ? La maîtresse de maison ne devait pas aimer se retrouver si proche de son goujat de mari.

Anne leur dévoile avec plaisir des détails sur le château. Céline est particulièrement intéressée par le passage sur la tour, ajoutée au XIXe siècle par un fantasque ancêtre d'Anne. Elle aurait été construite pour assouvir sa passion : l'astronomie. Une autre version de l'histoire dit pourtant qu'elle lui permettait de voir sa maîtresse sans avoir à se rendre au village. Ce serait la raison pour laquelle le second étage de la tour avait été laissé aux affres du vent et de l'humidité, la femme de cet ancêtre ayant fait retirer toutes les fenêtres qui abritaient ce nid d'amour. Anne ne tarit pas d'anecdotes sur le château : la confidente de Marie-Antoinette aurait trouvé refuge ici, et d'après une légende nébuleuse, le trésor des Templiers aurait été découvert au château de Gisors puis enterré quelque part sur le domaine de Reuilly-les-Étangs. Elle précise bien que la dernière anecdote est fausse, et Céline la croit volontiers.

Puis Anne leur propose d'arrêter la visite du rez-de-chaussée et de continuer à l'extérieur. Les autres pièces servent pour l'intendance et ont moins d'intérêt pour eux. Ils se dirigent vers les portes-fenêtres et Céline passe devant les immenses bibliothèques. Entre deux rangées de livres, elle découvre une étagère dédiée à une collection de fruits et légumes en céramique. Elle écarquille les yeux. Céline sait que ces objets étaient particulièrement à la mode au XIXe siècle et se demande si la pomme, le chou-fleur, la botte d'asperges ou la coupe de fruits sont d'origine. Sans qu'elle la voie venir, Anne se penche vers elle :

— Je sais bien que c'est terriblement kitsch, mais c'est mon péché mignon ! Chez moi, je mange même dans des assiettes en forme de feuilles de chou, mais je n'ai pas encore osé les faire utiliser aux résidents du château !

Dehors, Anne les conduit dans l'allée principale et leur fait faire le tour du parc. Le temps est cru. L'herbe est verte mais les arbres ont déjà perdu la plupart de leurs feuilles. Seules sont visibles leurs branches arachnéennes. Le ciel est complètement blanc et les murs qui entourent le parc, en pierre de la région, sont aujourd'hui d'un gris triste. Quelques statues trônent sur leur socle, entre les carrés d'un potager à la française qu'il est difficile d'imaginer fertile. Céline aperçoit un tourniquet en fer forgé, près d'une fontaine, et soudain le parc en été lui apparaît. Il retrouve sa grâce, les badauds déambulent dans les allées, la nature exubérante envahit les statues et le parc prend des allures de jardin enchanté. On s'assoit sur le banc de pierre, sous une arche inondée de roses, des enfants jouent sur le tourniquet aux assises en bois verni. Un coup de vent met fin à sa rêverie : la nature a à nouveau presque quitté les lieux et s'en tient au strict minimum. Au milieu de cette pelouse esseulée, sans végétation pour les habiller, les statues bancales ont l'air de tituber sur leur socle et les assises brillantes d'humidité du tourniquet n'invitent pas au jeu. Voilà de quoi contenir la propension de Céline à perdre contact avec la réalité.

Elle resserre contre elle sa veste récupérée dans l'entrée au début de la visite. Anne, en fille du pays, affronte bravement le froid, drapée dans son éternel châle. Au milieu de la pelouse, elle réunit ses ouailles et leur confirme que le parc n'est pour le moment pas très investi. Depuis peu, elle a pourtant recruté un jardinier. Brice et elle s'essaient au potager, avec l'ambition de préparer la plupart des repas avec leur récolte. D'ailleurs, Anne va devoir s'éclipser pour superviser la préparation du dîner, et elle leur propose de continuer à déambuler dans le parc s'ils en ont le courage. Il s'étale encore loin derrière le château. Tout au bout, une étroite rivière y passe. Il s'agit de la Viosne, un affluent de l'Oise. Elle court jusque dans le bois. Une porte permet d'y accéder s'ils le souhaitent mais elle est peut-être fermée, il faudra demander à Brice de l'ouvrir.

Ils remercient Anne et trois d'entre eux repartent avec elle vers le château. Céline reste au milieu de la pelouse en compagnie de Sarah et Jordan.

— Bon alors, on fait un tour ? Ça m'a intrigué, cette rivière ! Elle s'appelle comment, déjà ?

Céline a oublié. Heureusement, Sarah a plus de mémoire qu'eux :

— La Viosne ?

Jordan hoche vigoureusement la tête : c'est un truc comme ça. Avoir un fleuve chez soi, c'est la classe, il en a toujours rêvé, rapport au fait que l'été, petit, c'était drôle de construire des barrages.

— Un fleuve, tout de suite ! Il s'agit d'une rivière, Jordan, ne t'emballe pas.

Céline observe son compagnon de retraite. Comme la veille, l'espace entre son écharpe et son tee-shirt échancré n'est pas couvert et elle devine facilement la forme de ses pectoraux. Comment un homme aussi sexué peut-il tenir des propos aussi enfantins ? Cela dit, elle aussi, petite, aimait construire des barrages, et une pointe d'affection pour Jordan naît en elle. Ou disons que son exaspération diminue. Ils traversent le parc en marchant dans l'herbe mouillée. De temps en temps, une feuille morte crisse sous leurs chaussures, mais cela reste rare et Céline commence à penser qu'en effet, le parc, malgré l'air de désolation qu'il inspire, est en fait bien entretenu. Ils se trouvent maintenant à plusieurs dizaines de mètres derrière le château et entendent enfin un léger bruit d'eau. Ils atteignent bientôt la rivière. Jordan émet un son. Céline l'interprète comme une exclamation de satisfaction qui se serait transformée en déception. Il faut dire que « rivière » est un bien grand mot pour ce filet d'eau qui coule le long du mur. Et lui qui s'était imaginé un fleuve ! Après l'exclamation de Jordan, les trois curistes restent debout devant la Viosne, muets, sans vraiment savoir quoi faire.

— Elle n'est pas large, mais vous pouvez toujours demander des seaux en bois à Anne, si vous voulez.

Ils se retournent de concert et font face à un inconnu. L'homme porte de hautes bottes en caoutchouc, une parka, un bonnet de laine, et ses mains rouges striées de terre noire tiennent une paire de gants de bricolage, visiblement peu portée. Céline en déduit qu'il s'agit du jardinier dont Anne leur a parlé, mais la stupeur doit se lire sur leurs visages car l'homme s'empresse d'ajouter :

— Je veux dire, pour la douche froide, quoi. C'est pour ça que vous êtes là, non ?

Des trois, Sarah est certainement celle qui a le plus les pieds sur terre, car elle retrouve la parole en premier.

— La douche froide ? Vous voulez dire, dans la rivière ?

— Mais oui ! C'est pour ça que vous êtes là, non ? répète l'homme. Enfin, c'est vrai que normalement, les gens préfèrent le faire le matin, avant la séance de yoga. Il paraît que les douches froides, surtout en pleine nature, apportent des bienfaits. Vous devriez le savoir, je veux dire, vous êtes bien en stage ici, non ? C'est votre truc, le yoga, le retour aux choses simples…

Céline songe que Brice prend sur lui pour ne pas ajouter quelques mots sur les bobos ridicules en manque de nature.

Les trois hochent la tête en tentant de ne pas montrer qu'intérieurement, ils sont atterrés à l'idée que certains viennent se doucher ici le matin. Céline n'a pas oublié sa promesse : pendant ce stage, elle prendrait soin de son corps, mais tout de même, qui aurait envie de se jeter un seau d'eau sur la tête, en plein automne ? Elle s'imagine nue, ruisselante, des feuilles maronnasses lui collant à la peau, et elle frissonne. La sensation physique la fait sortir de sa catatonie et elle participe enfin à la conversation.

— Anne nous a fait la visite et nous sommes venus voir la rivière, la Viole !

— La Viosne, corrige Sarah.

— Oui c'est ça, la Viosne, reprend Céline. Mais pour ne rien vous cacher, nous sommes un peu déçus, nous nous attendions à quelque chose de plus grand.

Soudain, Céline a peur que sa remarque soit déplacée. Brice va-t-il y voir un reproche ? C'est stupide, il est responsable du parc, pas de la taille du lit de la rivière ! Tout de même, pour plus de sécurité, elle ajoute :

— Mais c'est déjà bucolique…

Et elle se tourne à nouveau pour prendre la Viosne à témoin. Cependant, elle aurait pu être plus inspirée dans le choix de ses mots. Le filet d'eau stagne par endroits. Des branches mortes provenant sans doute du bois situé juste derrière le mur s'empilent sur des galets verdâtres. Plusieurs feuilles mortes réduites en bouillie laissent dépasser quelques restes de nervures, squelette qui maintenait autrefois l'intégrité du végétal. Brice, bien loin des états d'âme et des observations de Céline, reprend la parole.

— Elle n'est pas très impressionnante dans le parc, c'est vrai ! Dans le bois, en revanche, elle s'élargit ; à un endroit, on a même construit un pont pour la traverser.

Céline, rassérénée par le ton de Brice qui ne semble pas avoir pris sa remarque personnellement, en profite :

— D'ailleurs, Anne nous a parlé d'une porte pour accéder au bois, c'est possible de l'emprunter ?

Le jardinier se mord l'intérieur des joues avant de répondre :

— Eh bien, oui, je suppose que oui, si c'est d'Anne que vous le tenez… Suivez-moi, je vous montre le chemin, la porte est un peu plus loin.

Céline s'élance derrière Brice sans se retourner et entend avec soulagement Sarah et Jordan leur emboîter le pas. Trop heureuse de ne pas avoir offensé le jardinier, elle s'est emballée et n'a même pas pensé à consulter ses camarades. Par chance, ils ont l'air curieux de voir au-delà du mur. Brice s'arrête devant une porte ancienne. Il insère une clef dans la serrure. Dans un effort qui le fait souffler bruyamment, il tire la porte et crée une ouverture assez grande pour qu'ils s'y faufilent un à un. Il détache la clef de son trousseau et la tend à Céline.

— À votre retour, pensez à verrouiller à nouveau. Comme vous le constatez, la porte est ancienne, peu utilisée et de guingois, il faudra que je la rabote cet été ! Pour la manipuler, il faut la soulever à l'aide de la poignée. Vous n'aurez qu'à remettre la clef à Anne ce soir, elle me la redonnera plus tard.

Ils remercient le jardinier et s'engouffrent à tour de rôle dans l'espace laissé entre la porte et le mur. Céline remarque l'arc de cercle que le bois a tracé au sol lors de l'ouverture. Juste à côté, en bas du mur, une grille en fer forgé permet à la Viosne de s'échapper de l'autre côté du parc. Ils suivent la rivière pendant quelques minutes et s'enfoncent dans le bois. Céline bute sur une racine et manque de tomber. Les deux autres plaisantent, elle ferait mieux de redoubler d'efforts pendant les séances de yoga pour travailler son équilibre ! Très vite, ils n'y voient plus très bien. Le jour commence à baisser et perce avec peine les arbres de la forêt. Leur courte marche leur a tout de même permis de confirmer les dires de Brice :

la rivière est plus large et profonde de ce côté du mur. Ils aperçoivent le pont mentionné par le jardinier, au loin, mais décident de rebrousser chemin en espérant arriver à temps pour pouvoir prendre un goûter avant le dîner.

Soudain, Céline s'exclame :

— Attendez, c'est quoi ça ?

Elle désigne un arbre, en bord de rivière, situé tout à côté du pont.

— De quoi ? Le pont ? On l'a déjà vu, non ?

— Non, l'arbre à côté.

— Le truc dans l'arbre, tu veux dire ?

— Oui, il y a un machin accroché, non ?

Sarah et Jordan haussent les épaules et s'apprêtent à repartir, mais Céline insiste :

— On dirait un vêtement, vous ne trouvez pas ? Une écharpe, peut-être ?

Si ses camarades s'impatientent, ils acceptent tout de même de jeter un nouveau coup d'œil à l'arbre.

— Oui, ça pourrait être une écharpe.

— Grise, ou peut-être bleue.

Ils font vraiment des efforts.

— Peut-être, ou alors… Ou alors, cela ne vous fait pas penser à des collants en laine ?

— Des collants ?

— Oui, des collants d'enfant.

— 4 —

Depuis le retour du parc, Céline, Sarah et Jordan n'ont pas quitté la salle à manger. En fin d'après-midi, Anne y a lancé un feu dans la grande cheminée et la majorité du groupe s'est rassemblée autour, envieuse du métabolisme de Carolina, leur professeure de yoga, qui leur a confié n'avoir jamais froid.

Les trois stagiaires profitent de ce temps mort pour terminer le brownie végan au chocolat et faire plus ample connaissance. Jordan, Céline en a maintenant l'habitude, n'a pas de difficulté à parler de lui et de la folle vie qu'il a menée à travers le monde. Elle apprécie d'autant plus Sarah, dont la force de caractère, si elle n'arrête pas le flot de paroles de Jordan, au moins le contient. Sarah est secrétaire médicale dans un grand laboratoire d'analyses situé à Chantilly. La quadragénaire déborde d'énergie. Elle parle d'une voix sonore, ponctuant ses phrases d'éclats de rire et de jurons. Elle n'utilise pas d'artifice, elle est pleine de bon sens, pratique. Son franc-parler pourrait lui donner l'air d'une femme aux aspirations simplistes et peu sophistiquées. Au contraire, Céline prend sa franchise comme une preuve de sincérité et non comme un manque de savoir-vivre. Cette femme suscite indéniablement la sympathie.

Céline observe tour à tour les autres stagiaires et s'efforce de retenir le nom de chacun. Elle se concentre d'abord sur les hommes. En plus de Jordan, elle en compte deux autres. Il y a Pascal, la quarantaine. Assez fluet, c'est un Parisien pure souche et pourtant il évoque plus un homme biberonné à la campagne, loin des modes et des tendances, comme en attestent ses lunettes à la monture vieillotte. Il est fan de bandes dessinées et espère utiliser son temps libre pour en lire quelques-unes. Édouard, quant à lui, est encore dans la vingtaine. Il est très grand, trop grand pour le tapis de yoga d'ailleurs, Céline a remarqué lors de la dernière séance qu'il en dépassait. De nature timide, il glisse tout de même quelques bons mots. Le théâtre qu'il pratique régulièrement lui donne peut-être un peu d'assurance. Le reste de la troupe est féminin. La plus âgée s'appelle Denise, et a soixante-dix ans, elle tire une grande fierté de la forme qu'elle réussit à entretenir. D'après ses dires, elle est la plus active de ses copines. Les quatre autres femmes ont entre vingt et quarante ans mais Céline a seulement retenu le prénom de Mathilde. Mathilde s'est fait remarquer au dernier cours de yoga. Elle n'a pas hésité à interrompre la séance à plusieurs reprises pour évoquer ses nombreux problèmes physiques (sciatique, poignet fragile, vieille fracture à la cheville…) et a ainsi régulièrement bénéficié de l'attention de Carolina afin d'adapter la pose.

Vers dix-neuf heures, ils attrapent tous une assiette et, plutôt que de dîner sur la grande table en bois, préfèrent retrouver leur place devant la cheminée, certains assis sur des fauteuils tirés depuis la bibliothèque, d'autres à même le sol, calés sur d'épais coussins colorés. Carolina, elle, attrape un gros livre et s'installe à genoux, l'ouvrage entre les tibias. Il paraît que cette position favorise la digestion. Inspirée par la professeure de yoga, Céline tente de prendre la position du lotus sur son coussin et redresse le dos. Mais très vite, elle abandonne, elle n'a jamais pu rester en tailleur très longtemps sans qu'une de ses jambes s'ankylose. Elle la remue et essaie de ne pas faire tomber le contenu de son assiette au sol lorsque Sarah lance à la cantonade :

— Tiens, Anne, nous avons rencontré Brice, votre jardinier !

Anne hoche la tête, comme pour approuver une entrevue jugée convenable.

— Je l'aime bien, ce Brice, il travaille dur. Je lui propose souvent de rester dîner avec nous mais en général, il décline, il préfère rentrer au village, où il vit. Il vous a montré la porte pour accéder au bois ?

— Tout à fait. Céline était d'ailleurs très intéressée par la visite !

— Quoi ?

La jambe à moitié en l'air, Céline se tourne vers Sarah. Cette dernière arbore un sourire sans équivoque.

— Tout à fait, répète-t-elle. Dès que tu l'as vu, tu as tout de suite trouvé le moyen de prolonger la conversation !

— Mais non ! C'était de la simple politesse…

Céline note l'air sceptique de Sarah et ignore le souvenir de sa propre culpabilité à l'instant où elle avait critiqué l'allure chétive du cours d'eau, et sa volonté de ne pas blesser l'homme des bois. Elle repose sa jambe au sol et choisit de détourner la conversation en s'adressant à Anne.

— Au fait, Anne, lorsque nous étions devant la rivière, Brice nous a parlé de seaux en bois. Il y a vraiment des stagiaires qui prennent des douches froides dans le parc ?

Anne confirme que cela est possible mais que l'option est en général proposée l'été. Elle ajoute néanmoins :

— Cela vous intéresse ?

À peine remis de leur visite prolongée dans les bois et de la température automnale, Céline, Sarah et Jordan secouent énergiquement la tête en signe de dénégation.

— Moi, ça m'intéresse.

Comme un seul homme, le groupe se tourne vers celui qui a pris la parole, Pascal, le Parisien pure souche aux allures de berger.

— Pascal, vous voulez que je laisse un seau devant votre chambre pour demain matin ? Vous êtes sûr ? Vous ne craignez pas le temps humide ?

Parmi l'assemblée, c'est en effet le seul à ne pas porter de pull ce soir. Même Jordan a couvert d'un épais gilet de laine son désormais emblématique tee-shirt ajusté. En réponse à la question d'Anne, Pascal tire sur la manche courte de son vêtement, attirant l'attention sur ses bras nus, comme pour introduire son prochain propos.

— Je suis résistant au froid, vous savez, j'ai vécu plusieurs années à Stockholm. Mon appartement donnait sur le lac Mälaren et j'allais m'y baigner jusqu'à tard dans l'année, tant que la température ne faisait pas geler l'eau.

Il a énoncé le mot Mälaren à la suédoise, le premier *a* se rapprochant plus d'un *è*. Les membres du groupe s'étonnent de cette pratique : vraiment, dans le lac ? En centre-ville ? Oui, l'eau est très pure en Suède, beaucoup moins polluée que la Seine ! Mais est-ce autorisé ? Il ne s'est jamais fait arrêter par les autorités ? Non, en Suède, la nature ne peut pas être privatisée, elle appartient à tout le monde. Si le château de Reuilly-les-Étangs était en Suède, personne ne pourrait empêcher les campeurs de s'installer dans le parc. Alors que Pascal égrène ses connaissances sur la Scandinavie, largement épaulé par Carolina, Céline a le souffle coupé. La Suède la poursuit. Tout semble la ramener vers les eaux troubles de Sören. Le visage de Céline doit refléter son humeur sombre car Sarah la regarde avec intensité. Mais cette dernière se méprend sur les raisons qui poussent Céline à ne plus prendre part à la conversation générale. Elle se penche vers elle et tente de chuchoter de la façon la plus discrète dont elle est capable :

— Alors Céline, on pense à son Oliver ?

— Qui ?

— Oliver ! L'amant de Lady Chatterley.

Céline intime à sa nouvelle amie de se taire et lui assure qu'elle se trompe, elle n'éprouve rien pour Bricc, le jardinier du château.

— Tu as tort, il est bien bâti !

— Qu'est-ce que tu attends, alors ?

— Si seulement ! Mais je suis entourée de marmaille. Et puis les romances, ça n'est pas pour moi, j'ai déjà bien assez à faire. Cette semaine sans ma famille, c'est un luxe que je ne compte pas gâcher avec une amourette. Des nœuds au cerveau, c'est tout ce que je récolterais.

Sarah part dans un rire puissant, conclu d'un reniflement sonore, avant d'ajouter :

— Et toi, qu'est-ce qui te retient ? Tu as quelqu'un ?

— Non…

— Je vois, c'est compliqué, c'est ça ? Tu sais que tu peux te confier à Sarah ? Cela te fera peut-être du bien, les gens aiment bien me parler, en général.

Avec hésitation, Céline se lance dans une explication difficile. Elle est restée un an avec la même personne, Sören, et même si la rupture date de deux mois, cela fait seulement quelques jours que tout contact a cessé.

— Je n'ai pas l'habitude de vivre sans avoir de ses nouvelles. Ce stage, c'est une amie qui me l'a proposé, pour me garder l'esprit occupé.

— Elle a eu raison, c'est tout à fait la marche à suivre dans ces circonstances.

Sarah a maintenant retrouvé son volume sonore habituel et couvre presque la discussion à propos des mœurs étranges de Suède, de toute façon en train de s'essouffler. Du coin de l'œil, Céline repère de plus en plus de têtes se tourner vers elles et remarque le regard curieux de Jordan. Sarah lui lance alors, suffisamment fort pour en faire profiter le reste de l'assemblée :

— Avec les cours de yoga de Carolina, tu n'es pas près d'y penser, à ton ex !

Si elle en avait eu le temps, Céline aurait été mortifiée de voir sa vie privée ainsi affichée devant le groupe, mais c'était sans compter sur Carolina, qui profite de l'occasion pour les informer :

— Le cours de demain matin ne sera pas avec moi, vous allez rencontrer votre seconde professeure. Si vous prêtez attention au planning, vous verrez que mes cours sont indiqués en violet, les siens en rouge. Je vous retrouverai plus tard.

Céline bénit Carolina et ce changement opportun de sujet. Elle ne sait pas comment elle aurait réagi si elle avait dû parler de Sören devant l'assemblée. Qu'aurait-elle bien pu dire ? S'ils connaissaient la vérité, ils la prendraient pour une folle, pire, une cruche ; la folle a au moins l'excuse de ne pas être pleinement responsable de ses choix.

Le groupe détaille le planning du lendemain et Anne commente le temps libre entre l'activité de l'après-midi et le dîner. Elle invite ses pensionnaires à se promener au village : il n'est pas très grand mais l'église, romane à l'extérieur et gothique à l'intérieur, est ravissante. À l'évocation de la promenade, Céline se souvient qu'elle a toujours sur elle la clef de l'ancienne porte extérieure. Elle se lève pour fouiller la poche de son pantalon et finit par dénicher l'objet. Elle le tend à Anne, qui le glisse dans l'une des poches de sa jupe, cachée sous plusieurs volants de tissu et recouverte de l'éternel châle.

— Alors, vous êtes allés vous promener dans les bois ?

Cette fois-ci, Céline répond avec rapidité, avant que Sarah ne fasse une nouvelle remarque sur sa prétendue passion pour Brice.

— Oui, nous souhaitions voir l'allure de la Viosne au-delà du mur, Brice nous avait dit qu'elle y était plus conséquente. D'ailleurs, nous sommes tombés sur quelque chose d'étrange.

Anne l'interroge du regard.

— L'arbre dans lequel flotte un bout de tissu.

Céline s'est tournée vers Jordan en prononçant ces mots, en quête d'un soutien de sa part. Mais l'intervention de celui-ci n'est pas à la hauteur de ses espérances.

— Malheureusement, les bois peuvent eux aussi être pleins de détritus.

Céline est déçue. Est-elle donc la seule à avoir été perturbée par l'allure de cet arbre ? Elle revoit le tissu suspendu et ne peut s'empêcher de penser à une mise en scène sinistre. Une chose est sûre, la connexion momentanée ressentie avec Jordan quelques heures plus tôt est maintenant tout à fait dissipée. Barrages construits pendant leur enfance ou pas. Céline décide d'ignorer Jordan et s'adresse directement à Anne. Elle espère que l'incongruité de la situation lui parvienne. Elle s'efforce de conserver une voix calme, elle ne doit pas passer pour une de ces perchées qui fréquentent ce type de retraite et disent capter des signes de l'Univers à tout bout de champ. Sa voix est nette et son regard appuyé. Anne est une femme subtile ; s'il y a bien une personne à même de détecter l'alarme mortifère vociférant silencieusement dans les branches de l'arbre, c'est elle.

— Ça n'avait pas l'air d'être un simple morceau de tissu usé. Cela ressemblait plutôt à une paire de collants en laine. Pour enfant. Et elle ne devait pas être là depuis longtemps, car elle n'était pas trop abîmée. C'est étonnant, non ?

— Cela ne me dit rien, Céline. Où se trouve cet arbre ?

— Juste à côté du pont. Nous n'avons pas eu le temps d'avancer loin dans le bois, alors je n'ai pas pu le voir de très près…

— Vous savez, ces bois sont empruntés par beaucoup de monde, du village et alentour, alors cela pourrait venir de n'importe où !

— Mais tout de même, comment un vêtement d'enfant pourrait se retrouver dans un arbre ?

— C'est peut-être un arbre à loques ?

Chacun écoutait l'échange entre les deux femmes, et tous les regards se tournent à nouveau vers Pascal, qui n'est visiblement pas que fin connaisseur de la culture scandinave.

— J'ai lu cela dans un guide sur la Picardie, avant de venir. Les arbres à loques sont une ancienne pratique païenne, on en trouve principalement dans le Nord de la France et en Belgique. D'ailleurs, un arbre à loques connu se trouve pas très loin d'ici, à Senarpont, un village miraculeusement épargné par la peste, contrairement à son voisin.

Malgré l'intervention de Pascal, qui se voulait éclairante, les yeux des autres membres du groupe restent exorbités, on ne voit pas bien où il veut en venir. Céline ravale son agacement et lui demande :

— Très bien, mais ça ne nous dit pas ce qu'est un arbre à loques exactement, et le rapport avec notre affaire.

Pascal reste imperturbable et déroule sa pensée à son rythme.

— Justement, l'explication est dans le nom ! Ce sont des arbres dans lesquels on accroche des loques, des vêtements, si tu veux.

Céline comprend qu'il est inutile de s'énerver avec Pascal : sur ce type de personnalité, tout coule, tout glisse, elle n'aura pas de prise. La seule chose à faire est de l'aider patiemment à en venir au fait.

— Dans quel but accroche-t-on des vêtements dans un arbre ?

— Pour faire reculer la maladie. La pratique veut qu'une personne souffrante accroche à l'arbre un vêtement ayant été en contact avec la partie malade de son corps. Ainsi, l'affection est transmise à l'arbre, et le corps en est délivré.

— Donc notre arbre, derrière le château, pourrait être un arbre à loques ? Mais pourquoi celui-ci ? Comment le choisit-on ? Et pourquoi ne pas se rendre à Senarpont, si le village ne se trouve pas loin d'ici ?

Elle lance à Pascal un regard éberlué, mais ce dernier hausse les épaules en signe d'ignorance. La page du guide n'était pas très fournie en explications. Cela conclut la conversation. Tous commencent à être fatigués, et un mouvement de repli s'organise vers l'étage. Céline monte les marches, perdue dans ses pensées. Ainsi, si ce qu'elle a vu est bien un arbre à loques, et si le vêtement s'avère être un collant en laine, il pourrait s'agir de l'acte désespéré d'un parent face à la maladie d'une petite fille ? Cela lui paraît fou, elle n'a jamais entendu parler de cette pratique. Cela peut à la limite évoquer les drapeaux de prière, communs dans la région de l'Himalaya... Il faudra qu'elle demande plus d'informations à ce sujet à Jordan, elle est certaine qu'il s'est déjà rendu dans ce coin du globe pour effectuer une randonnée spirituelle... En haut des marches, Sarah lui souffle à l'oreille :

— Je te fais un tirage sentimental, si tu veux, pour savoir de quoi ton avenir amoureux est fait. Tu ne vas pas t'arrêter sur une mauvaise histoire, quand même !

Céline sursaute.

— Un quoi ?

— Je suis cartomancienne, je ne te l'ai pas dit ? J'ai pris quelques jeux avec moi.

— Toi ? Tu tires les cartes ?

— Et pourquoi pas moi ?

— Eh bien... Je ne sais pas, tu as l'air... Tu es pratique, quoi !

— Je vais prendre cela comme un compliment.

Céline tente de s'expliquer. Sarah a les pieds sur terre et n'a pas vraiment l'air du genre à croire à tout ça.

— Mais l'un n'empêche pas l'autre. Allez, j'arrête de t'embêter, on pourra en parler plus tard. Moi, je vais me pieuter, je suis crevée !

Céline pénètre dans sa chambre et se dirige vers le minuscule cabinet de toilette aménagé dans un coin. Elle se brosse les dents, la bouche à moitié ouverte, et projette comme à son habitude des dizaines de gouttelettes sur le miroir en face d'elle. Les petites marques blanches seront difficiles à éliminer, une fois sèches. Elle pense à la proposition de Sarah. A-t-elle vraiment un avenir amoureux ?

Elle se souvient du jour pas si lointain où elle a pris la résolution de rompre le contact avec Sören.

Elle se rendait à une fête donnée en l'honneur de la petite Maya. Les amis de Céline se battaient depuis cinq ans pour sauver leur enfant née malade. Son seul salut viendrait d'une greffe de moelle osseuse. Dans l'entourage des parents de Maya, plusieurs personnes s'étaient inscrites en soutien sur la liste de donneurs. Céline elle-même n'avait pas hésité à passer les tests sanguins. Malheureusement, aucun n'avait pu aider l'enfant, les compatibilités entre individus étant rares. Céline, toujours inscrite sur la liste des donneurs, reçoit encore des lettres de l'agence de biomédecine et à chaque fois, son cœur s'arrête pendant une seconde avant de découvrir qu'on lui demande seulement de confirmer ses coordonnées. Elle jette alors la lettre avec une pointe de honte face au soulagement qu'elle a ressenti en apprenant qu'elle n'est pas appelée à donner sa moelle osseuse.

La meilleure solution pour sauver Maya, c'était d'effectuer la greffe à partir de cellules saines provenant d'un frère ou d'une sœur. Il a donc fallu que les amis de Céline fassent un autre enfant, approuvé dans un laboratoire, belge de préférence. L'embryon devait non seulement être sain, mais compatible avec Maya. La France, pour des raisons de bioéthique, donne aux parents une seule chance. Si, à l'issue de la première insémination, l'embryon est sain mais non compatible avec l'enfant à sauver, tant pis, vous le gardez ! Bonjour nouveau bébé, adieu enfant malade.

En serrant les dents, la mère de la petite fille avait enduré le lourd traitement hormonal, le prélèvement des ovocytes pour la fécondation in vitro, l'implantation. Céline avait prétendu ne pas remarquer les changements physiques dont son amie se plaignait : gonflement, prise de poids, épuisement. Après une de ses visites, Céline avait contemplé son propre reflet nu dans le miroir de sa salle de bains et s'était dit, non sans culpabilité, qu'elle n'était finalement pas si mal.

Gardant ses pensées peu glorieuses pour elle, Céline avait soutenu de son mieux ses amis au cours des trois premières tentatives, où aucun embryon n'avait été compatible. Enfin, au quatrième essai, le résultat avait été positif. Maelys, le bébé sauveur, était né.

Maya avait reçu sa greffe et Céline avait accueilli la nouvelle avec des sentiments contradictoires. Profondément heureuse pour Maya, fillette pour qui elle avait développé beaucoup d'affection, elle restait tout de même stupéfaite face aux épreuves que les parents avaient dû affronter et au choix de beaucoup d'individus de faire des enfants malgré tout.

Quand la petite était sortie de l'hôpital, ils s'étaient tous retrouvés pour enfin célébrer ce répit accordé par la vie, ces années de bonheur et de pseudo-normalité offertes à Maya avant l'arrivée probable de nouvelles complications liées à sa maladie. Et pourtant, ce jour-là, Céline avait passé le début de la fête rivée sur son téléphone, à attendre désespérément la réponse de Sören après lui avoir à nouveau transmis ses cris d'incompréhension.

Mais soudain, au milieu de ses amis, son regard était tombé sur le sourire des deux jeunes sœurs, s'était posé sur le visage des parents, des grands-parents, pour y lire l'extase. Et elle, que faisait-elle ici ? Incapable de se joindre au bonheur des autres, elle s'était trouvée pathétique. Sa vie lui avait paru insupportable. Combien de moments allait-elle encore se gâcher à penser à une personne qui ne lui avait fait que du mal ? Combien d'émotions allait-elle devoir ignorer avant de se libérer de cette emprise ? Alors, face au bonheur de Maya, Céline avait senti son corps se rendre. Elle avait bloqué le numéro de Sören, rangé son téléphone dans sa poche et partagé la joie de la bande. Ce jour-là, elle s'était trouvée si sûre d'elle. Elle était remontée à la surface.

À présent, elle doit lutter de toutes ses forces pour ne pas attraper son téléphone, pour ne pas envoyer de message à Sören, pour ne pas relire les anciens textos, pour ne pas essayer de trouver une raison à ce marasme, pour ne pas décortiquer chaque mot afin d'obtenir la preuve d'avoir tout de même été aimée. Elle se bat contre son envie furieuse de voir un sens dans les mensonges de Sören. Elle aimerait que tout cela ne soit pas arrivé en vain.

Et Sarah qui voudrait lui faire un tirage sentimental…

Mais ne vaut-il mieux pas s'adonner au célibat éternel lorsque l'on a été capable de rester aussi longtemps dans un couple si dysfonctionnel ?

Avec une personne que l'on n'a jamais rencontrée ?

Le lendemain matin, malgré ses courbatures, Céline attend en bas de l'escalier avec le reste du groupe. Cette fois, chacun a pensé à apporter son tapis au petit déjeuner et leur formation est déjà beaucoup plus organisée. Anne leur propose de se rendre d'eux-mêmes au studio de yoga, où leur professeure les attend déjà. Elle les retrouvera après le cours pour partager un brunch avec eux. Céline traîne des pieds. Contrairement à ses attentes, elle a passé une mauvaise nuit. Pourtant, après les deux longues séances de yoga de la veille, elle s'attendait à dormir comme une masse. Mais lorsque le gong a sonné, elle venait à peine de fermer les yeux. Cette nuit, elle s'est réveillée sans réellement savoir pourquoi et s'est tournée et retournée sous l'épais édredon.

— Tu as une petite mine, Céline ! Aurais-tu passé la nuit accompagnée ?

— Ah non, Jordan, tu ne vas pas t'y mettre, toi aussi ! Parle moins fort, ne relance pas le sujet auprès de Sarah ; elle m'a épargnée au petit déjeuner, j'aimerais que les choses restent ainsi.

Jordan hoche brièvement la tête mais son sourire en coin ne convainc pas Céline, ce n'est qu'une question de temps avant que les deux ne reviennent à la charge. En passant dans la bibliothèque, elle adresse un salut silencieux à Marie, toujours accrochée au-dessus de la cheminée. Dans la salle à manger, elle a aussi jeté un œil au tableau de son mari puis a vite détourné le regard, comme si à travers son portrait, Gustave conservait toujours une influence démoniaque. Elle s'élance lourdement dans l'escalier et se demande si elle va réussir à mener la séance de yoga matinale à son terme. Elle aurait vraiment eu besoin de rester plus longtemps au lit. Elle aurait pu grappiller quelques minutes en sautant le petit déjeuner, mais même épuisée, Céline ne raterait pas un repas au profit de quelques instants de sommeil supplémentaires.

Lorsqu'ils pénètrent dans la salle, les tapis, comme la veille, sont déjà en place. En plus des accessoires habituels (deux grosses briques et un bolster), une chaise pliante se trouve derrière chaque emplacement. Sur le bolster, deux couvertures pliées ont été déposées. Enfin, une sangle soigneusement enroulée sur elle-même trône à côté des blocs. Leur professeure les salue d'un air sec. Debout sur son tapis, elle leur demande de s'installer. Personne n'ose déranger l'organisation des accessoires et chacun dépose rapidement son propre tapis dans un coin avant de gagner un emplacement. L'opération se déroule dans un silence parfait. Au yoga, il n'est pas rare de passer les quelques minutes précédant le début du cours à s'étirer ou à méditer, et le silence de ce matin ne devrait donc pas surprendre Céline. Pourtant, il s'y cache quelque chose de lourd, de rigide. Elle s'installe et profite de la lenteur de quelques stagiaires pour détailler leur nouvelle professeure. Comme Carolina, et à dire vrai comme toutes les enseignantes que Céline a rencontrées, elle est mince. Sous sa tenue très ajustée, son corps apparaît ferme, et les manches courtes de sa brassière révèlent des bras dessinés. Musculature typique, conclut Céline. Son visage, pourtant, est bien différent de celui de Carolina. Ses cheveux ne sont pas maintenus par une tresse compliquée mais tirés vers l'arrière. Seules quelques mèches trop courtes pour tenir dans la queue-de-cheval adoucissent sa coiffure stricte.

Chacun est installé et la femme s'apprête enfin à reprendre la parole. Elle n'a toujours pas souri.

— Je m'appelle Sophie, j'enseigne le yoga Iyengar. C'est une pratique différente du yoga Vinyasa que vous avez suivi hier. Le Vinyasa permet de travailler votre chaleur intérieure, l'enchaînement rapide d'un même flow est presque comme une séance de cardio. L'attention est portée sur l'augmentation progressive du rythme. En Iyengar, le rythme est plus lent car l'attention se porte sur la justesse de l'exécution de la position. Chaque asana est maintenue pendant plusieurs minutes afin de trouver le placement correct. Mes consignes seront détaillées afin de vous faire atteindre le meilleur alignement possible. Commençons.

Céline n'a encore jamais pratiqué ce type de yoga. Au début de la séance, le rythme lent lui plaît, elle apprécie de ne pas se retrouver en nage et essoufflée au bout de quelques minutes. Très vite, elle ressent en revanche les effets douloureux des positions tenues longtemps. Suivant les recommandations de Sophie, ils ne s'essaient à rien de très acrobatique et restent classiques, mais sont tenus de faire preuve d'une grande précision. Sophie n'hésite pas à les reprendre pour les placer correctement. L'orientation du genou, de la hanche, l'ouverture entre pieds… Jamais Céline n'avait focalisé son attention sur autant de détails en même temps, et elle comprend enfin le véritable intérêt de certaines asanas. Cependant, elle est trop tendue pour se réjouir de ses nouvelles connaissances. Le discours de Sophie est certes érudit, mais la professeure n'est pas patiente et devient acerbe si elle ne corrige pas sa position assez vite.

Puis tous s'approchent d'un mur et se lancent dans une inversion. Le corps est prêt, selon Sophie, pour tenir trois minutes en Sarvangasana, soit en chandelle. À nouveau, leur professeure doit guider Mathilde afin d'adapter l'asana à ses nombreux maux (cette fois, ce sont les épaules), si bien que le reste de la troupe est contraint de rester la tête en bas bien au-delà du temps prévu. Quand enfin Véronique, l'âme courageuse du groupe, ose demander s'ils peuvent redescendre, Sophie, plutôt que de s'excuser, réplique que c'est aussi cela, le yoga, tenir la position. Mais comme elle a malgré tout donné l'autorisation de quitter la chandelle, sa réponse est couverte par les halètements et les soupirs de soulagement.

À la fin de la séance, Céline est tout de même satisfaite. Son corps est las, elle a le sentiment d'avoir travaillé. Les explications de Sophie lui seront utiles pour la suite du stage et pour ses futures séances de yoga, quand elle sera rentrée à Paris. En revanche, la personnalité de l'enseignante la laisse perplexe, et elle se retient pour ne pas se confier à Sarah et Jordan sur le chemin du salon, de peur que leur conversation ne soit entendue par Sophie.

Elle attend qu'ils soient dans la salle à manger, attablés devant une assiette généreusement remplie de légumes vapeur et de gratin de courge spaghetti. La séance a puisé dans les énergies de tous les participants.

La bouche encore pleine, Sarah s'exprime la première.

— Je suis morte ! Je ne sens plus mes bras ni mes jambes ! Heureusement qu'on n'a pas de seconde séance cet après-midi.

— Pareil pour moi, c'était intense…

— Mais très instructif, je me suis aperçu que depuis des années, je réalisais très mal certaines positions.

Céline approuve. De toute évidence, ils ont appris beaucoup de choses. Mais tout de même, cette Sophie, un peu bizarre, non ? Surtout pour une prof de yoga.

— Ce n'est pas la personne la plus chaleureuse que je connaisse, je te l'accorde.

Céline renchérit. Loin d'être chaleureuse, leur professeure de yoga fait carrément peur. Sa manière de rabrouer les stagiaires est infantilisante. Véronique, la seule à avoir osé rappeler Sophie à l'ordre alors que le groupe tentait de survivre la tête en bas, s'invite dans la conversation :

— Sa personnalité ne me dérange pas. Je suis ici pour apprendre, et si elle est désagréable, c'est d'abord dommage pour elle-même.

Véronique remonte en flèche dans l'estime de Céline, qui est impressionnée par cette parole empreinte de sagesse. Elle doit s'avouer, non sans honte, avoir été agacée par elle pendant les cours. Véronique est une grande femme charpentée, sympathique, qui transpire abondamment et est peu musclée. Beaucoup d'asanas sont difficiles pour elle, ce qui accapare l'attention des professeures. Elle respire fort, ce qui déconcentre le yogi s'escrimant à lâcher prise et à tenir leur position. Elle marche sur les tapis des autres à l'endroit même où ils posent leur tête. Bref, malgré une bonhomie indéniable, elle n'a pas les bons codes sociaux, et cela a peut-être empêché Céline de percevoir toute la finesse de Véronique, qui ne semble pas sujette aux projections sur autrui de ses doutes et de ses limites.

Jordan réagit à la parole de Véronique et ajoute :

— Les profs de Iyengar sont souvent comme ça.

Les trois femmes attendent qu'il avale sa bouchée avant d'étayer son propos.

— D'après mon expérience, les fans de Iyengar, ce sont les puristes de la pratique. Eux, c'est la perfection qu'ils veulent atteindre. Un jour, je suis allé passer un examen pour enseigner le yin et j'ai partagé la salle d'attente avec des apprentis professeurs de Iyengar. Les pauvres, ils étaient tous verts de peur ! Les jurés sont terribles, apparemment.

Le petit groupe puise dans ses dernières ressources pour commenter. L'une est catégorique : cela lui paraît insensé que certains pratiquants choisissent cette forme de yoga. Probablement les aînés d'une fratrie ! L'autre renchérit. Le yoga ne doit-il pas développer l'amour-propre ? D'ailleurs, la majorité des profs répètent sans cesse que si la version avancée de la position n'est pas accessible au yogi, ce n'est pas grave, il faut déjà célébrer ce que le corps est capable de faire, chaque squelette est différent…

Au-delà de la rigueur associée au yoga Iyengar, qui a probablement une origine historique, Céline songe aux travaux de Susanna Barkataki. La professeure d'origine indienne s'efforce d'éduquer les masses et d'enrayer le tournant capitaliste que prend le yoga depuis qu'il est devenu si populaire en Occident. Sur les réseaux sociaux, la pratique est réduite à un moyen d'accéder à une perfection physique très normée. Sont célébrées flexibilité, jeunesse, blancheur de peau et minceur (moulée de préférence dans des *yoga pants*). D'après Susanna Barkataki, la société occidentale dénerve le yoga de son aspect sacré, et ce depuis la colonisation de l'Inde par les Britanniques, qui n'avaient pas intérêt à reconnaître la pratique comme un système complexe véhiculant valeurs et spiritualité.

Céline revoit Sophie debout sur son tapis, sévère. Sans aucun doute, malgré la raideur de son âme, elle a le mérite de respecter à la lettre l'enseignement originel de B.K.S. Iyengar, le fondateur de la pratique.

Après tout, Céline ferait bien de cultiver un peu plus de rigueur, apprendre à ne donner foi qu'aux faits tangibles, pour juguler son esprit et sa tendance à se réfugier dans l'imaginaire. Cela la garderait de sombrer dans la folie.

— 5 —

Après le déjeuner, Anne leur annonce l'ouverture de la boutique. Une vitrine a été installée à leur disposition dans l'entrée. S'ils le souhaitent, ils peuvent s'approvisionner en encens, bottes de sauge et tisanes. Jusqu'au début de l'activité de l'après-midi, une vendeuse de pierres semi-précieuses y tient également son stand. Depuis longtemps, l'homme attribue des pouvoirs aux pierres. On les dit capables de bien des miracles : assurer une protection physique ou psychique, favoriser la concentration, stimuler l'énergie, atteindre le calme intérieur, attirer la chance, accéder à des niveaux spirituels supérieurs… Comment a-t-on fait pour distribuer et découvrir leurs propriétés ? Ça, Céline n'en a aucune idée. Qui a décidé que la rouge cornaline apporterait vitalité et que l'apatite, d'un bleu azur, stimulerait l'inspiration ? D'ailleurs, pendant longtemps, ce nom a paru très inapproprié à Céline. Apatite. Pourquoi faire résonner le nom d'une pierre censée exciter l'imagination avec la langueur, l'inertie ? Sa fonction n'a rien d'indolent ! Après s'être régulièrement posé la question, elle avait fini par chercher la réponse sur Internet. Visiblement, cette pierre pouvait prendre des couleurs et des aspects si nombreux qu'on la confondait souvent avec d'autres gemmes.

Un homme dont elle a oublié le nom avait donc nommé la pierre en conséquence et choisi un dérivé du grec *apatan*, c'est-à-dire « tromper ». Céline avait été heureuse de pouvoir lever ce mystère, à défaut de comprendre l'origine de l'engouement mystique pour les gemmes. Et si l'origine de la lithothérapie lui échappe toujours, elle aussi est étrangement attirée par les pierres.

Elle aime les choisir. D'abord, elle se laisse attirer par la couleur. Elle admire les effets de lumière qui traversent les gemmes les plus transparentes ou, au contraire, la teinte vive et franche des pierres les plus denses. Elle observe les aspérités d'un modèle moucheté et se laisse emporter par les motifs chaotiques ainsi créés. Malgré la surface inégale de la pierre, le temps d'une seconde, elle a l'impression d'y trouver équilibre et alignement. Les modèles géométriques suivis par la structure cristalline sont, pour elle, le symbole de l'ordre impeccablement tenu dans la nature et si difficile à atteindre pour les humains. Elle saisit la pierre, sent la fraîcheur minérale se réchauffer sous sa peau, et est troublée par l'ambiguïté de ne pas savoir si c'est la pierre qui se charge à sa chaleur ou l'inverse.

Alors que certains prétendent pouvoir soigner les corps et les esprits avec les pierres, les capacités de Céline s'arrêtent surtout à ces sensations physiques. Elle n'a hélas pas hérité des pouvoirs de sa grand-mère qui, grâce à un sacré mélange de mysticisme, de superstitions et de lithothérapie, affirmait avoir des dons de guérison. Un jour, l'aïeule avait fait tourner son pendule au-dessus du front de sa petite-fille et la sentence était tombée : les dispositions magiques de la lignée ne s'étaient pas transmises. Comme la grand-mère était de fait l'unique sorcière de la famille, qui plus est autoproclamée, ce résultat n'était pas une grande surprise. Qu'importe, l'amour de Céline pour les objets lui suffit pour apprécier les gemmes. C'est un vecteur qui lui parle. Effet placebo ou réelle action, si elle éprouve une difficulté, elle croira volontiers que tel caillou viendra à son secours. Toute aide est bonne à prendre.

Elle se dirige vers le stand. La vendeuse est déjà bien occupée, plusieurs membres du groupe se penchent vers la marchandise. Sur la table, il y a un peu de tout, des pierres non taillées et d'autres en forme de cœur, de tortue, d'éléphant ou d'ange. Une pancarte écrite à la main permet de mettre un nom sur le caillou, et une seconde d'en connaître ses propriétés. Céline est attirée par une belle agate verte, polie dans un ovale presque parfait. D'après la note, cette pierre rétablit l'équilibre énergétique. Elle est un peu déçue, elle s'attendait à un pouvoir un peu plus spécifique, à la hauteur de la singularité de son aspect. Parfois, elle se demande tout de même si tout ça n'est pas du flan. Rétablir l'équilibre énergétique… il s'agit bien là de la phrase bateau que l'on sert pour vendre tout et n'importe quoi dans le monde spirituel ! Elle met de côté ses critiques intérieures quand son regard est soudain attiré par une étrange pierre. Taillée en un parallélépipède approximatif, la pureté du bloc lisse et blanc est rompue par de fines veines noires. Elles se propagent dans la matière, suivant une carte connue d'elles seules, et lui apportent profondeur. La pierre lui rappelle la cheminée en marbre de sa chambre. Céline s'approche et un écriteau lui apprend qu'il s'agit d'une howlite. A-t-elle trouvé la prochaine pierre de sa collection ? Soudain, elle se fige. La propriété de sa pierre fétiche n'est autre que de combattre la cellulite. Écœurée, elle tourne le dos au stand et se dirige vers sa chambre.

Céline est consternée. Chaque fois, c'est la même histoire. Les gourous spirituels, les énergéticiens, les praticiens holistiques et toutes les personnes opérant dans le domaine du développement personnel sont les premiers à prôner l'amour de soi. Comment est-on censé distribuer quelque chose que l'on ne possède pas soi-même ? Alors, aimez-vous, bon sang ! Voilà en somme ce qu'ils disent tous. Et pourtant, dans ce domaine aussi, la dictature du corps parfait règne, et peut-être même plus qu'ailleurs. Elle en veut pour preuve les professeurs de yoga qu'elle a croisés sur sa route. Comme Jordan, tous arborent une musculature saillante et, surtout, un corps sur lequel le gras semble glisser, comme les gouttes de pluie sur les plumes des canards. Voilà, les professeurs de yoga sont des canards. Des canards hypocrites, qui vous poussent à vous aimer mais qui refusent qu'un bourrelet vienne déformer la surface plane de leur tee-shirt.

Sur cette comparaison bien mauvaise, Céline constate qu'elle est décidément en manque de sommeil. Elle s'allonge sur le lit à baldaquin et pose les mains sur son ventre. Il lui a fallu en parcourir, du chemin, pour effectuer ce geste anodin. Pendant longtemps, elle n'a pas supporté sentir cette légère bosse sous ses doigts. Son ventre n'est pas plat et ses cuisses se touchent lorsqu'elle est debout. Son corps a toujours été composé de courbes moelleuses. La plupart du temps, elle se trouve pulpeuse, les mauvais jours, grosse. Comme si « grosse » était une insulte, un état à combattre. Ses parents, tous deux normands, charpentés mais élancés, attribuent ses courbes et ses cheveux noirs à une obscure branche familiale turque. À l'adolescence, lorsque son corps trop rond est devenu un véritable ennemi à ses yeux, sa mère a été d'un soutien sans faille. Elle-même avait souffert de son corps trop masculin, taillé dans une brique, selon ses propres mots. Céline a appris, petit à petit, à célébrer ses formes, preuve incontestée d'une grande féminité, toujours selon les croyances maternelles. Elle a eu de la chance. Sa mère, au lieu de lui transmettre ses insécurités, les a fait tourner à son avantage. Le rabâchage a fonctionné et Céline s'accepte beaucoup mieux. Il faut dire qu'en misant sur la féminité, sa mère avait pincé la bonne corde. Céline n'est pas de celles qui racontent (avec un air toujours légèrement supérieur) avoir grandi dans la peau d'un garçon manqué. Elle croit volontiers que le masculin et le féminin sont en partie socialement construits, pourtant il lui semble avoir incarné l'archétype féminin dès l'enfance. Elle était douce, voire faible, peu sportive, ne voulait porter que des robes et jouer aux activités traditionnellement proposées aux filles. Elle collectionnait des tas de choses, des figurines équines, des flacons de parfum vides, des brosses à cheveux anciennes ou encore des bonbons en cristal de Murano. Peut-être est-ce à cette époque qu'elle a acquis son goût pour les objets.

Céline pince les lèvres : à cause de ce passé de petite fille cliché, elle a peur d'être une mauvaise féministe. Elle laisse sa pensée divaguer et sent le sommeil poindre. Soudain, quelqu'un frappe à sa porte.

— Tu es là ? Tu as disparu tout à coup, je me suis dit, ça y est, elle est partie rejoindre Brice !

Sarah a entrouvert la porte et passé la tête avant même d'entendre la réponse de Céline.

— Très drôle. Non, je pensais me reposer un peu avant cet après-midi.

— Allez, mamie, tu dormiras ce soir ! Je t'ai apporté mon jeu de cartes, je te fais un tirage ? Regardons ce que les cartes ont à dire à propos de... au hasard, tes amours !

Céline capitule et fait signe à Sarah d'entrer. Inutile de lutter contre son exaspération. De fait, le sourire de la cartomancienne est si franc qu'il est difficile de lui en vouloir longtemps. Dans un effort, Céline se lève. Toutes deux prennent place sur les fauteuils crapaud trônant devant la cheminée, et Sarah tire entre elles une console basse en forme de demi-lune. Elle saisit son jeu à deux mains, bat les cartes puis les tend à Céline.

Celle-ci s'étonne de la taille du jeu de Sarah, très petit. Son amie lui apprend qu'il s'agit des 77 d'Aliyass Ké, très connues dans le milieu. Céline n'en a jamais vu de pareilles, les cartes sont carrées et non rectangulaires. Sur chacune d'elles, un motif simple et épuré est dessiné avec des traits dorés. La signification de certains dessins reste mystérieuse aux yeux de Céline. Elle en reconnaît tout de même plusieurs : un téléphone, une oreille, un renard. En quête d'éclaircissements, elle tend à Sarah une carte dont le tracé lui paraît particulièrement obscur, mais au lieu de lui fournir une explication, cette dernière éclate de rire.

— Alors là, Céline, on ne peut pas faire plus clair, tu viens de piocher la carte du désir ! Ça promet pour le tirage !

La symbolique du dessin échappe à Céline et Sarah vient à son secours :

— Tu vois les courbes, ici et là ? Ce sont les hanches d'une femme. Ces deux traits, là, représentent les salières de Vénus, les deux fossettes situées dans le bas du dos.

Céline jette un regard neuf sur la carte. Elle distingue en effet le dos d'une femme nue et certainement la naissance des fesses, réalisé en quelques traits. Une version moins figurative de la célèbre œuvre de Man Ray, sur laquelle Kiki de Montparnasse pose nue, de dos, avec, à la place des salières de Vénus, les ouïes d'un violon. Pourquoi a-t-il fallu qu'elle pioche pile cette carte ? Elle peut être sûre d'en entendre parler jusqu'à la fin du séjour.

— Bien, puisque tu es dans le bon état d'esprit, commençons. Voyons de quoi ton avenir sentimental sera fait !

Sarah se met à battre les cartes intensément et répète plusieurs fois à haute voix « l'avenir sentimental de Céline ». Celle-ci suppose que la cartomancie nécessite un état de transe ou, au moins, une concentration accrue. En revanche, elle n'a aucune idée de la personne ou de l'entité vers laquelle Sarah envoie sa demande, et n'ose pas poser la question. Ou alors, peut-être s'adresse-t-elle directement au jeu ? Soudain, une carte s'échappe des mains de Sarah, ou plutôt est propulsée à terre.

— Elle voulait vraiment sortir, celle-là ! dit Sarah en se baissant pour la ramasser.

Elle la dépose sur la console et reprend son battage en répétant sa demande, d'un air presque possédé. Cinq autres cartes sont sélectionnées de la même manière. Sarah forme deux lignes de trois cartes. Il lui manque la septième ; elle continue de battre pendant un long moment mais aucune ne saute. Alors, elle se résout à poser son jeu, à couper et à la sélectionner elle-même. Elle la place en dessous de la seconde ligne, juste sous la carte du milieu.

— En première ligne, c'est ton passé ou ta situation actuelle. Nous avons la fusion, le labyrinthe et l'isolement, tout un programme ! Comment s'appelle ton ex, déjà ?

— Sören.

— Votre relation fut intense, c'est le moins que l'on puisse dire. Avoir la fusion et l'isolement sur la même ligne, ça n'est pas commun. Avec le labyrinthe au milieu, je dirais que votre relation n'était pas forcément à double sens et que tu en es sortie esseulée.

— C'est une façon de décrire la situation, en effet…

— Bon, laissons le passé derrière nous et regardons ce que te réserve l'avenir ! Nous avons le retour, la continuité et, en troisième carte, le jour. Cela peut également signifier la clarté.

L'interprétation de cette ligne donne du fil à retordre à Sarah, d'autant plus qu'il faut prendre en compte la septième carte, la naissance. Sarah perçoit un blocage chez Céline, quelque chose qu'il faudrait surmonter en se tournant vers le passé pour enfin sortir de l'obscurité et renaître. Est-ce que cela parle à Céline ?

Celle-ci est trop émue pour répondre et Sarah suppose donc qu'elle a touché juste, mais n'insiste pas. Céline lui en est reconnaissante, et afin que le silence ne s'éternise pas, elle se force à repousser son émotion et interroge sa nouvelle amie sur sa pratique. Comment s'y prend-elle pour interpréter le message des cartes ? Est-ce un apprentissage ? Sarah partage son expérience. Il faut évidemment bien connaître la signification de chaque carte, mais l'interprétation, le lien entre les cartes elles-mêmes se fait par intuition. Lorsqu'elle tire un jeu, des flashs lui arrivent sous forme d'images ou de mots. Bien sûr, ces messages lui apparaissent de la manière la plus parlante possible, à hauteur de son niveau intellectuel, et elle ponctue sa dernière phrase d'un éclat de rire. Un jour, elle a fait un tirage pour une amie et a reçu comme message mental l'image d'une boîte de céréales dont la mascotte est un tigre. Impossible pour elle de l'interpréter, mais elle a tout de même délivré l'information à son amie. Il s'est avéré que l'amie en question attendait une réponse au sujet d'un futur emploi en tant que soignante pour félins dans le zoo d'une grande ville.

— Les tigres, moi, je n'y connais rien, la seule référence que j'avais, c'était la boîte de céréales de mon fils. Tu vois, quand je te dis que l'Univers se met à mon niveau pour me parler !

Céline reste dubitative. Comment Sarah fait-elle la distinction entre ses intuitions et ses projections ? Peut-elle vraiment s'affranchir de ses propres peurs, désirs et préjugés ? Et pour commencer, connaît-elle seulement le concept de projection ?

Sarah range soigneusement ses cartes dans un pochon en velours bleu foncé et les deux femmes quittent la chambre pour se diriger vers la tour. En chemin, Céline tente de reprendre ses esprits. Elle n'accorde pas beaucoup de crédit à la cartomancie, pourtant, la séance et les paroles de Sarah ont fait remonter en elle des souvenirs qu'elle tente depuis un certain temps de maintenir enfouis, sous une chape de plomb bien solide. Des odeurs et des sensations de sa jeunesse font irruption dans son esprit. Elle revoit ses grandes mains dans lesquelles les siennes se perdaient, elle sent les cals de la peau abîmée griffer ses cuisses… Elle secoue la tête et se concentre sur le programme à venir. Cet après-midi, le groupe va être initié au reiki, une pratique consistant à soigner grâce à un massage énergétique, c'est-à-dire sans toucher, en gardant les paumes au-dessus du corps. Cela fait un moment que Céline n'a pas été touchée. Ironiquement, depuis le début de sa relation avec Sören.

Sören et elle avaient pris contact par l'intermédiaire d'une appli de rencontre. Au départ, ils avaient échangé quelques banalités, passage incontournable de la rencontre en ligne. Ensuite, elle avait été charmée par sa double nationalité, la façon unique dont il analysait le monde grâce à ses origines suédoises. Il avait vécu en Scandinavie une bonne partie de sa jeunesse et s'était installé en France avec sa mère au divorce de ses parents. Après l'échec de son mariage, celle-ci avait voulu retrouver ses racines et sa famille mais regrettait la société suédoise, bien moins sexiste qu'en France. Là-bas, personne ne se souciait de ce qu'elle portait, et le soir, lorsque le temps le permettait, elle n'hésitait pas à rentrer à pied, la ville était sûre.

Céline et Sören échangeaient fréquemment et avaient très vite glissé, sans s'en apercevoir, dans un échange exclusif et continu. Céline, enivrée par cette relation à distance, lui avait consacré tout son temps. La vie était devenue rythmée par ses conversations avec Sören. Elle traversait le jour rivée à son téléphone, avec la béatitude caractéristique des nouveaux amoureux, encore idéalistes. Du lever jusqu'à tard dans la nuit, Sören et elle se racontaient tout : le quotidien, les espoirs niais, les hontes, toutes ces pensées que l'on garde d'ordinaire bien enfouies face à des êtres de chair et d'os. Le tableau abîmé par sa faute lors de son premier stage, elle le lui avait dit. Sa répulsion face à ses amies enceintes, elle l'avait avouée aussi. Jean-Louis, elle n'avait pas eu le temps de le raconter. Vite, mais sans faire de bruit, elle s'était coupée des autres.

Pourtant, malgré leur fusion, aucun des deux ne pressait la rencontre physique. Même s'ils se téléphonaient souvent (Céline avait été surprise par la voix de Sören, très douce) et s'envoyaient beaucoup de photos, ils ne faisaient jamais d'appel visio. Peut-être par timidité, car plus le temps passait, plus le fantasme grossissait. C'était ce que Céline pensait. Chacun avait probablement conscience de la force de sa projection, du gouffre creusé entre la personnalité réelle et celle espérée, et aucun n'était prêt à crever la bulle. Un jour, Céline en avait eu assez. Elle voulait plus, et elle avait fixé un rendez-vous. Sören avait accepté. Céline avait attendu toute la journée, fébrile. Sören n'était pas venu. Elle avait appelé, laissé des messages d'abord calmes, puis inquiets et enfin furieux. Sören l'avait laissée tomber ! En larmes, elle avait finalement reçu de ses nouvelles, quatre heures après le rendez-vous fixé. Sören avait eu un accident de voiture et avait été conduit à l'hôpital. Ainsi, il avait réellement désiré la voir. Sören avait refusé que Céline le rejoigne à l'hôpital, ce n'était pas ainsi que leur première rencontre devait se dérouler.

Jour et nuit, elle restait agrippée au téléphone, lui prodiguait réconfort et encouragements. Ils s'étaient dit qu'ils s'aimaient. Puis Sören était retourné chez lui, les semaines étaient passées, et Céline avait évoqué à nouveau l'idée d'une rencontre. Plusieurs fois, elle avait senti la réticence de Sören, mais elle ne pouvait plus continuer ainsi. Elle avait besoin de le voir, de le toucher, de le sentir enfin. Alors Sören n'avait plus répondu pendant trois jours, et elle avait failli perdre pied. Elle sentait la raison la quitter, elle glissait vers la folie. Depuis des mois, ils ne se quittaient plus, elle commençait même à manquer sérieusement de sommeil. Ce sevrage imposé était inhumain. Elle l'avait harcelé, elle avait pleuré, elle avait hurlé. Elle s'était rendue dans sa ville, avait battu pendant des heures le pavé des rues, espérant reconnaître son visage au coin d'une maison, sa silhouette. En vain. Et après trois jours, elle avait reçu le message inespéré. Sören lui présentait platement ses excuses pour son silence, il n'avait pas eu le choix, jamais il ne lui aurait fait vivre cela de son plein gré. Mais voilà, elle ne connaissait pas toute la vérité. Sören était rentré dans son pays d'origine, la Suède. Hospitalisé dans une clinique de Stockholm, il se remettait difficilement d'une perte de connaissance survenue trois jours plus tôt.

Elle ne comprenait pas. S'agissait-il des conséquences de l'accident de voiture ? Et pourquoi partir à Stockholm ? La réponse de Sören lui avait glacé le sang. Il était atteint d'un cancer depuis plusieurs années, son état avait empiré, et l'hospitalisation auprès des médecins qui le suivaient depuis son enfance avait été indispensable. Là, leur relation avait basculé. Céline était devenue le pilier de Sören, elle l'accompagnait, quelle que soit l'heure, depuis la France, dans la douleur des traitements, dans l'angoisse des examens. Elle dormait encore moins, tentait de toutes ses forces de transmettre à travers le téléphone suffisamment de vie pour que Sören tienne le coup. Elle avait le sentiment que s'il se battait, c'était pour elle, grâce à sa présence continue, et il le lui confirmait. Parfois, les médecins devaient le placer dans un coma artificiel et, pendant plusieurs jours, elle ne pouvait plus le contacter. La mère de Sören, heureusement, avait pris le relais et la maintenait au courant de la situation, par message. Elle n'était qu'angoisse et tristesse, elle sombrait peu à peu elle aussi, et sentait son élan vital, qu'elle était pourtant si prompte à transmettre à Sören, la quitter.

Ses proches la voyaient dépérir et la poussaient à sortir. Au début réticente, elle avait fini par accepter. Une nouvelle mécanique s'était alors mise en place. Pour chaque moment de légèreté, elle devait payer un lourd tribut. Si elle se trouvait auprès d'amis lorsque Sören l'appelait, elle faisait face à des colères effroyables. Comment osait-elle s'amuser alors que celui qu'elle prétendait aimer se mourait, loin d'elle ? Quel genre de personne était-elle ? Un monstre. Souvent, Sören menaçait de mettre fin à ses jours et elle quittait la soirée en trombe, argumentant jusqu'au petit matin pour le convaincre de s'accrocher à la vie. Les crises de jalousie de Sören s'ajoutaient à sa condition médicale déjà critique, et Céline perdait pied.

Quand elle ne lui parlait pas, désespérée, elle relisait leurs conversations, se repassait les photos, comme une addiction, à la recherche de l'indice qui lui donnerait la clef de cette relation fracassante. Et au fur et à mesure, ses défenses étaient tombées, et elle avait commencé par relever des incohérences dans le discours de Sören. Il annonçait être sorti de l'hôpital mardi, pourtant ce message-ci parlait de jeudi. Les photos, prises pour lui montrer la vue depuis la fenêtre, révélaient aussi des informations étranges. Son appartement donnait sur l'eau et Sören disait entendre les mouettes, même très tôt le matin. Sur la première photo, c'était l'été, et elle distinguait clairement l'immeuble sur l'autre rive. Sur la seconde, prise quelques mois plus tard, l'hiver s'était installé, le lac avait gelé et les habitants les plus hardis s'élançaient sur la glace. Pourtant, l'immeuble, sur l'autre rive, était seulement en cours de construction…

Interdite, elle y avait songé longtemps. Et un jour, elle avait eu une idée. Elle avait téléchargé les photos dans un moteur de recherche. Elle avait passé une page, puis deux, et là, sur la troisième, elle était tombée sur des images identiques en tout point. La vue de l'appartement de Sören était tirée d'une base de données. La peau de son crâne s'était resserrée, elle avait senti son cœur battre plus fort. Des pensées se bousculaient dans son esprit, butant contre sa compréhension sans qu'elle puisse les interpréter. Elle n'avait plus réussi à respirer, elle avait oublié comment faire. Puis elle avait éclaté en sanglots et avait pleuré longtemps. N'avait-elle pas toujours su que quelque chose sonnait faux ? N'était-ce pas pour cela qu'elle avait tenu si longtemps sans le rencontrer ? Ses doigts tremblaient alors qu'elle appelait Sören. Elle l'avait confronté, elle avait tenu bon lorsqu'il éludait, et enfin, il avait fini par avouer.

Il ne se trouvait pas à Stockholm.

S'il avait menti là-dessus, qu'est-ce qui restait vrai ? Pas grand-chose, elle s'en était rendu compte en creusant.

Elle l'avait supplié de tout lui dire. Il n'avait rien raconté de lui-même, mais lorsqu'elle l'avait minutieusement interrogé sur différents aspects, il avait accepté de répondre.

Il avait reconnu ne pas être suédois. Son identité n'était qu'une invention, tirée de son esprit, alors qu'elle lui avait confié le fond de son âme.

Pire, il n'était même pas malade. Non seulement il avait menti sur son identité, mais en plus, il avait choisi de lui faire vivre un enfer. Il aurait pu s'inventer altruiste, voguant d'une mission humanitaire à une autre. Il aurait pu, à défaut de la voir, l'abreuver de déclarations d'amour et de compliments. À l'inverse, il lui avait sciemment fait croire que sa vie était en danger, la plongeant dans une angoisse sans nom. Et cela n'avait pas été suffisant. Il l'avait fait culpabiliser et avait pointé à plusieurs reprises le monstre d'égoïsme en elle. Il avait réclamé une attention constante et exclusive, lui avait fait rompre ses liens amicaux et l'avait empêchée de se construire. Et cette manipulation infâme, il l'avait mise en branle sans rien donner, même pas la vérité. Elle s'était perdue, oubliée, avait respiré uniquement pour lui, elle lui avait donné un an de sa vie pour rien. Lors de ses soi-disant hospitalisations, elle n'avait d'ailleurs pas discuté avec sa mère, mais avec Sören lui-même.

Non, Céline n'était pas la seule avec qui Sören entretenait des relations épistolaires.

Non, Sören n'était d'ailleurs pas son véritable prénom.

Non, Sören n'était d'ailleurs pas un homme.

Céline avait immédiatement rompu mais n'avait pas pu couper totalement le contact et, durant deux mois, elle l'avait abreuvé d'insultes et de reproches tout en cherchant à comprendre les motivations d'une telle manipulation. Mais elle n'avait pas obtenu d'explication, Sören ne répondait plus. Puis elle était allée fêter la greffe de Maya et avait enfin pu se détacher de Sören, quel que fût son vrai prénom. Il ne lui restait plus que les questions. Avait-elle été aimée, ne serait-ce qu'un peu ? Et surtout, comment avait-elle pu accepter un tel asservissement ? Qui serait allé aussi loin, pendant un an, pour une personne jamais rencontrée ? Au fond, ce qui la rendait malheureuse pendant sa relation avec Sören, c'était également ce qui la nourrissait le plus. Lorsqu'elle tentait de toutes ses forces de l'empêcher d'attenter à ses jours, elle se sentait puissante, elle seule pouvait garder Sören en vie. Et c'était cette constatation qui lui faisait peur.

Voilà, Céline a rompu le barrage. Toujours bouleversée par le tirage de Sarah, allongée sur un tapis de sol et alors que la cartomancienne s'astreint à lui prodiguer un soin de reiki, elle s'est autorisée à laisser son esprit voguer vers le chapitre interdit de sa relation avec Sören. Lorsque l'initiation se termine, Céline n'a pas retenu grand-chose de cette nouvelle pratique. Heureusement, le groupe quitte la tour en silence. Tous semblent pris de torpeur. Céline gagne sa chambre, puis profite de ce moment de flottement pour s'échapper et filer vers le parc. Dehors, elle est saisie par l'humidité qui charge l'air. C'est la fin de l'après-midi mais l'obscurité n'est pas encore complètement installée. Elle serre son écharpe et prend le chemin de la rivière. Devant le cours d'eau, elle est à nouveau déçue, comme si elle avait souhaité que le lit ridicule eût miraculeusement gonflé et que le ruisseau se fût transformé en un Nil exotique au cours de la nuit. Elle a froid, les alentours sont déserts. La pluie a détrempé la végétation. En été, la nature, nourrie par les orages de chaleur, se gorge de vitalité. Dans l'éclat des gouttes de pluie, les fruits sont plus ronds, plus pleins, leur peau plus appétissante. L'hiver, c'est l'inverse. La nature, rendue spongieuse, se décompose. Céline n'a clairement rien à faire ici et ferait mieux de rejoindre les autres à l'intérieur. Pourtant, elle s'attarde, elle jette des regards à gauche et à droite. Son comportement commence à l'effrayer. Pourquoi revient-elle de son plein gré à quelques mètres du bois alors que l'idée même de l'endroit la repousse ? À cela s'ajoute cet instant de faiblesse, pendant la séance de reiki, où elle a revécu sa rupture avec Sören. Elle a peur de perdre le contrôle de ses pensées. De ses souvenirs. Soudain, elle entend des pas derrière elle et une douleur fugace et agréable lui saisit le bas du ventre.

— Vous voulez retourner dans la forêt ?

Elle se tourne et reconnaît Brice. Il est chaussé de bottes en caoutchouc, a fiché un bonnet sur sa tête et ne porte étrangement pas de ciré ou de veste imperméable, mais un gros gilet de laine marron, vainement égayé par quelques motifs beiges, pour un résultat plutôt hideux. Céline lui sourit. Elle comptait faire un tour avant dîner mais n'a pas la clef.

Brice fronce les sourcils, quasi inexistants, et récupère le trousseau dans sa poche. Tout en cherchant la bonne clef, il s'approche de la porte.

— Il va bientôt faire nuit, vous devriez vous dépêcher.

Comme la veille, il tire la porte récalcitrante après l'avoir déverrouillée, jusqu'à former un espace suffisant pour que Céline se faufile. Elle s'apprête à s'y engager et il lui tend la clef.

— Il y a une dépendance en brique, derrière le jardin à la française, elle est cachée par une haute haie. Si vous ne me voyez pas dans le parc, c'est que j'y suis.

Céline, bouche bée, saisit la clef tendue. Face à son silence, Brice se sent obligé d'ajouter :

— Pour me rendre la clef après votre promenade.

Céline se reprend, le remercie et s'enfonce dans les bois plus rapidement que nécessaire. Le sang tape dans ses tempes. Elle s'est fait des idées, elle a cru qu'il lui donnait rendez-vous dans sa cabane, qu'il lui faisait des avances, et son mutisme l'a trahie ! Elle rumine ses pensées avec ardeur et atteint le pont de pierre sans s'en apercevoir. Il est bientôt dix-huit heures, et sous la voûte épaisse formée par le feuillage, elle ne voit pas grand-chose. Elle traverse le pont, s'approche de l'arbre. Sous ses pieds, des cosses de marrons craquent. L'espèce revêt-elle une certaine importance dans le choix de l'arbre à loques ?

Elle s'approche du tronc du marronnier. Depuis ce point d'observation, elle a une meilleure vue sur le fameux morceau de tissu. Elle avait deviné juste, il s'agit bien d'une paire de collants de laine grise, taille enfant… Elle observe le bois autour d'elle, il est propre, aucun détritus ne jonche le sol. Rien ne suggère que ce soit une bourrasque qui ait porté la paire de collants jusqu'ici, dans une course arrêtée par une branche. Au contraire, le vêtement n'est pas emmêlé dans l'arbre mais semble y avoir été accroché volontairement. Plus Céline l'observe, plus un malaise la prend à la gorge. Pourquoi est-elle revenue ? Peut-être pour confirmer une idée née de sa première visite. Une minuscule sensation qui s'est logée inconsciemment dans son esprit et qui a enflé. Quelque chose d'intangible qui pourtant couvre ses pensées d'un filtre trouble lorsqu'elle n'y prête pas attention.

L'idée émerge et lui éclate au visage. Cet assemblage, au milieu du bois, entre le tissu et l'arbre, lui paraît comme une union contre nature.

Elle déglutit. Elle s'approche. Le nez en l'air, elle a mal au cou mais persévère. N'est-ce pas un morceau de corde qu'elle aperçoit à la base du collant ? Elle n'en est pas sûre et fait le tour de l'arbre pour trouver un autre angle de vue.

Soudain, le sang se fige dans ses veines. Elle porte la main à son ventre, elle est d'abord pétrifiée. Puis elle se met à courir, courir. Elle traverse le pont, trébuche sur les racines, ne se retourne pas. Elle atteint le mur en haletant. Elle pénètre dans le parc et pousse la porte de toutes ses forces. Elle la ferme à double tour et s'accorde une inspiration seulement lorsqu'elle entend le cliquetis et sent la clef buter contre la serrure. Elle s'élance vers le château. Elle espère regagner sa chambre sans croiser personne. Dans l'entrée, elle tente de recouvrer son calme et se faufile pour ne pas être vue par Sarah. Elle n'a aucune envie de répondre à ses questions si cette dernière s'aperçoit qu'elle s'est maquillée avant de sortir, après leur séance de reiki. Dans sa chambre, elle s'affale sur son lit et écoute son cœur battre dans sa poitrine.

Dans l'arbre, elle a vu, pendue, une robe de petite fille.

— 6 —

Céline est peu à peu tirée du sommeil. Elle ne cède pas tout de suite et s'y accroche, heureuse de l'état de torpeur dans lequel son corps se trouve. Pourtant, son rêve se dénue progressivement de sens et les images qui se déroulent devant ses yeux se rythment d'un tic-tac infernal, comme si un métronome défectueux marquait un rythme aléatoire. De ces impressions, elle ne prend pas d'emblée conscience. Enfin, elle ouvre grand les yeux. Le temps d'une seconde, son esprit, vide, ne s'est pas encore connecté à son corps alerte. Puis elle prend la mesure de la situation et son cœur accélère. Elle se glace mais n'ose bouger. Elle rassemble ses forces et sort un bras de l'édredon. Son téléphone indique trois heures du matin. Derrière la porte, dans le couloir, un bruit sourd ne suit aucune partition. Quelque chose tombe au sol, roule, s'approche et s'éloigne, dans une course chaotique. Après un moment, Céline ne saurait dire si l'objet s'est éloigné pour de bon ou si son esprit lui joue des tours et invente des sons. Elle sombre dans un demi-sommeil sans repos.

— Une robe, je vous dis ! Pendue dans l'arbre, comme les collants !

— Peut-être que quelqu'un fait sécher son linge ?

— Très drôle, Jordan. Ça ne vous paraît pas bizarre, à vous ?

— C'est sûr que la pratique n'est pas commune, mais enfin, on ne peut pas juger, c'est peut-être la coutume régionale, les arbres à loques, comme à… C'est quoi le nom du village épargné par la peste déjà, celui mentionné par Pascal ?

— Senarpont.

Céline répond rapidement à Sarah et appuie sa parole de gestes. Elle lève la main et l'agite en l'air, comme pour indiquer que ce n'est pas le sujet. Elle reprend :

— Très bien, admettons qu'il s'agisse d'un arbre à loques. Pourquoi le choisir ici, tout près du château, si loin du village ? Et pourquoi y mettre une paire de collants un jour puis ajouter la robe ? Je croyais que la coutume voulait que l'on attache un seul vêtement ayant été en contact avec la zone à guérir.

— Tu es certaine que l'ajout de la robe est récent ? Elle y était peut-être déjà hier, lorsque nous avons vu ensemble le premier morceau de tissu.

— Une paire de collants, pas un simple morceau de tissu. Non, je suis quasi sûre que la robe n'y était pas.

— Pourtant, on ne s'est pas approchés très près.

— Et il faisait déjà sombre.

— Et tu as dit que la robe était de l'autre côté de l'arbre.

Au troisième jour de stage, après une séance de yoga exigeante, Céline a enfin pu isoler ses amis du reste du groupe et déverser son angoisse. Face aux arguments du duo, le discours de Céline perd cependant de sa ferveur. Ils ont peut-être raison. La veille, la robe devait déjà être pendue à l'arbre. Elle a l'impression que non, mais les images s'embrouillent dans sa mémoire. Pourtant, il y a bien cette sensation : ces vêtements d'enfant abandonnés au milieu des bois désolés, ça lui glace le sang. Sarah et Jordan aperçoivent sa mine dépitée et lui poussent légèrement l'épaule.

— Allez, tu es fatiguée, c'est tout ! C'est toute cette activité physique aussi, ça épuise !

— Justement, je devrais dormir d'un sommeil profond, il n'y a rien de plus efficace que la fatigue physique pour passer une nuit paisible, normalement, non ? Vous dormez bien, vous, ici ?

Tous deux hochent la tête et Céline souffle et s'exaspère. Elle décrit son expérience en détail. Voilà trois nuits qu'elle se réveille. Vers trois heures du matin, elle ouvre grand les yeux. Ensuite, impossible de retrouver un sommeil de qualité. Hier, elle a enfin identifié la cause de ses troubles : ils proviennent d'un bruit dans le couloir.

Sarah précise alors qu'un château, ce n'est jamais totalement silencieux, entre les meubles qui craquent et les animaux dehors, mais Céline réplique qu'elle vit à Paris. Son studio est évidemment mal isolé. Mais ni les sirènes des ambulances ni le camion des éboueurs ne l'empêchent de dormir. Ici, c'est différent. C'est un bruit sourd qui la réveille, comme quelque chose qui tombe au sol puis qui roule…

— Vous n'avez vraiment rien remarqué ?

Jordan et Sarah ne sont pas impressionnés par ses arguments. Elle devait être en train de rêver.

Céline était au contraire parfaitement réveillée lorsqu'elle a entendu l'impact dans le couloir. Blottie sous son édredon, elle n'a pas osé sortir voir ce qui se tramait derrière sa porte. Elle se souvient très bien de la sensation de picotement et de son cœur qui accélère, comme lors de sa découverte devant l'arbre. Pourtant, elle rend les armes, abandonne la conversation et ne cherche plus à convaincre ses camarades. Avec ses histoires de vêtements suspendus et de bruits mystérieux et lugubres, elle va passer pour une illuminée. Être prise pour la fanatique de service au sein d'un groupe déjà loufoque attesterait d'une détresse intérieure sérieuse. Et puis, comment réagiraient-ils si elle leur révélait sa conviction inexplicable que le bruit lui était destiné, qu'il l'appelait ? De toute façon, le silence s'installe dans la salle à manger, l'intervenant est arrivé.

Cet après-midi, ils s'apprêtent à assister à une conférence menée par un gourou célèbre sur Internet. Anne le leur a affirmé, ils ont beaucoup de chance de l'avoir parmi eux, au sein d'un si petit nombre de participants. D'habitude, Serge discourt devant des salles pleines. Mais Anne et lui sont amis de longue date et malgré son succès, chaque année, il accepte de venir à Reuilly-les-Étangs. Céline n'a jamais entendu parler de lui, il faut dire qu'il est difficile de se maintenir au courant de tout, tant le nombre de prophètes qui opèrent au sein de la communauté spirituelle est pléthorique. Un peu plus tôt, Anne a présenté le livre de Serge, et tout le monde a pu remarquer le bandeau rouge signalant en lettres blanches que l'homme cumule pas moins d'un million de vues sur YouTube. Voilà qui est rassurant. Puis ils l'ont attendu, il était en retard.

Dehors, le temps est froid. Pour profiter du brasier lancé depuis le début de la journée dans la cheminée, la conférence se déroule dans la salle à manger. Serge prend place face à eux. Il n'a pas un physique remarquable. Mince, pas très grand, assez dégarni, il doit avoir la quarantaine et serait même plutôt proche de la décennie suivante. La lourde table a été poussée contre le mur et tous se sont assis dans les fauteuils disparates. Serge s'installe sur un voltaire à haut dossier et la lumière de la fenêtre, pourtant déjà faible en ce début d'après-midi, lui fait comme un halo. Céline espère que cela ne présage pas une séance au ton prophétique et donneur de leçons.

Elle se considère comme une femme ouverte d'esprit, pour preuve, Victoire n'a pas eu à insister beaucoup pour qu'elle accepte l'aventure de cette retraite. Mais en matière de développement personnel, elle a déjà subi de grandes déceptions. Elle sait bien qu'elle donne trop de crédit aux autres et n'imagine pas qu'ils puissent mentir ou exagérer leurs capacités.

Elle a assez de lucidité pour se rendre compte qu'elle répète les mêmes scenari : son quotidien ne la satisfait plus et elle a soif de réponses, réponses à des questions qu'elle n'arrive pourtant pas à formuler clairement. La vie contient une dimension qui lui échappe, et elle jette son dévolu sur une discipline promettant de lui remettre quelques clefs de compréhension. Elle débourse alors parfois un certain budget. Souvent, elle est déçue par le résultat et honteuse d'avoir investi de l'argent. Elle est mûre pour la dernière phase du cycle : rejeter toute méthode de développement spirituel. Cela la sauve probablement de tomber dans les griffes d'une secte, elle qui de toute évidence, son expérience avec Sören l'a démontré, peut se montrer très naïve !

Lors de sa phase « communication non violente », elle a déboursé deux cents euros pour voir en live et pendant un week-end entier la papesse de la discipline. Première déconvenue : la conférencière n'avait pas pris la peine de visiter la salle au préalable. Il avait donc fallu faire avec les six piliers qui bloquaient la vue de la plupart des stagiaires.

Céline, malgré cette déception, avait tâché de rester positive, impatiente d'en savoir plus sur la communication non violente, dont le principe la fascinait. Il s'agissait d'abord de ne pas faire porter à l'autre la responsabilité de ses propres sentiments. Ensuite, il fallait comprendre que derrière toute parole accusatrice ou négative se trouvait un besoin non satisfait.

Céline, derrière un pilier, avait donc passé sept heures à écouter plus qu'à voir l'intervenante développer sur du vide, et toute non-violence avait quitté ses veines. L'intervenante était bien plus performante en vidéo qu'en conférence. Céline avait voulu prendre des notes, mais le discours était si creux qu'elle n'avait inscrit que quelques mots. Le dernier quart d'heure du premier jour avait marqué l'apogée de sa frustration. Ils avaient été invités à méditer. Céline, comme les autres, avait été priée de faire le vide, tâche difficile après de longues heures assise sur une chaise en bois dure comme un caillou. Le silence aurait dû se faire dans la salle, mais c'était sans compter sur les cent personnes reniflant et se raclant la gorge à tour de rôle. Tant pis pour l'argent déjà versé, elle n'avait pas assisté au second jour de conférence et, en signe de rébellion, s'était intéressée pour un temps à la programmation neurolinguistique, ou l'art de manipuler son oratoire.

Du discours de la spécialiste en communication non violente, Céline n'a rien retenu. Elle se souvient tout de même de la façon qu'avait la conférencière d'interagir avec son public, cette forme de moquerie caractéristique qu'arborent les gourous pour donner l'illusion qu'ils maîtrisent la situation.

Serge lui inspire le même ressenti. Il a entamé son intervention et s'escrime à dégager un sentiment d'assurance en les apostrophant et en les provoquant : « Tu t'appelles Garlone ? J'espère que tu as fait un procès à tes parents ? » Céline reconnaît la tactique. Il lance des perches et voit comment le poisson mord. La réaction de l'individu viendra alimenter son mentalisme.

Serge enchaîne et à travers son exposé, il se dévoile. Il a une seconde femme, à nouveau des enfants en bas âge. Cela aussi, c'est typique, pense Céline. C'est fou le nombre d'auteurs de livres de développement personnel remariés, bien souvent à une femme plus jeune, à qui il a fallu faire des enfants. La pension de la première épouse, la progéniture devenue nombreuse, tout cela coûte cher, tout cela incite à créer livres, podcasts, séminaires et stages payants. De quoi s'interroger sur l'honnêteté de leur démarche. Ses réserves en tête, Céline se laisse néanmoins absorber par le récit de Serge, charismatique à n'en pas douter. Tous sont pendus à ses lèvres. Il a l'art de lire les blessures intimes et de les expliquer, de leur donner un sens. Alors chacun attend et prie pour qu'il lui délivre un message personnalisé. Porté par une voix profonde, Serge invite à une écoute presque religieuse. Bref, il a du charme, comme on le dit complaisamment pour les hommes au physique parfois tout juste passable mais confiants, élevés dans la croyance qu'être écouté est un droit. Avec les femmes, on est plus cruel, même quand leur apparence est avantageuse.

Céline finit par apprécier le credo de Serge. Il est loin des aspirations typiques, celles qui consistent à s'améliorer, à s'élever, à augmenter son champ vibratoire. Non, pour Serge, la mission de l'Homme sur Terre est simple : vivre. Pire, il n'est pas demandé à l'Homme d'évoluer. Si l'on approfondit le concept, d'un point de vue karmique, la mission de l'Homme dans cette vie peut tout à fait consister à être simplement médiocre. Serge se lève et déclame avec passion :

— Imaginons un instant que notre incarnation présente ne soit pas l'unique incarnation de notre âme. Partons du principe qu'il en existe d'autres, sur des plans parallèles, successifs ou simultanés, selon la croyance. Ces incarnations communiquent, interagissent, et forment un ensemble. Dans ce cas, les émotions banales ou négatives ressenties dans cette vie sont peut-être nécessaires à l'équilibre de notre âme, incarnée dans plusieurs réalités. Être médiocre est peut-être ce que nous avons besoin de vivre. Alors restons-le, oui, mais consciemment. Soyons conscients des émotions qui nous traversent, heureuses comme destructrices, n'en rejetons pas une pour favoriser l'autre. Finalement, le cordonnier qui vit sa vie routinière sans s'interroger sur le sens de l'existence réussit peut-être bien mieux sa mission de vie que nous tous dans cette pièce.

Céline trouve ce discours rafraîchissant. Ainsi, Serge les délivre de l'ambition d'évoluer. Elle trouve en effet que le désir de devenir illuminé, au sens bouddhique du terme, est une nouvelle pression qui frappe les Occidentaux. Céline se sent aussi quelque peu libérée. Depuis l'effondrement des religions et l'avènement du développement personnel dans ce coin du globe, une terrible responsabilité pèse sur les épaules de chacun. Avant, des forces indomptables étaient à l'œuvre, et si la vie était traversée d'épreuves, c'était la volonté de Dieu ou la faute du diable. De nos jours, pour beaucoup de prédicateurs du vivre-mieux, tout est création personnelle, selon une loi de l'attraction impitoyable, attirant aussi bien le positif que le négatif. Ainsi, si Céline échoue à un examen, perd son emploi ou tombe malade, ce sera de son fait entier, car c'est le message qu'elle avait envoyé à l'Univers, consciemment ou inconsciemment. Quelle damnation de ne plus pouvoir reporter sur une entité toute-puissante la maladie et la mort ! Avec Serge, au moins, la vie suffit d'être vécue, l'Homme est incarné sur Terre pour accueillir et vivre pleinement les émotions qui le traversent, aux fréquences qu'il vibre. Il répète sans cesse : si je vibre la tristesse, je vis des situations qui me rendent triste. Cette fatalité est à la fois rassurante et désespérante. Si l'homme n'a pas de levier, s'il vit simplement ce qu'il vibre, pour le bien de son âme, combien de fois faudra-t-il s'incarner pour enfin… Pour enfin quoi, d'ailleurs ? Qu'arrive-t-il à l'âme lorsque son travail d'incarnation est terminé ? Arrive-t-il d'ailleurs à terme un jour, ce travail ?

La conférence s'achève et Céline se lève de sa chaise. Elle s'apprête à quitter la salle à manger et croise le regard du portrait du maître de maison. Elle détourne rapidement les yeux. C'est plus fort qu'elle, irrationnel, mais elle a l'impression qu'il a encore le pouvoir de tout salir, de l'avilir. Elle sort de la conférence essorée. Elle pense avoir compris beaucoup tout en se sentant complètement perdue. Sarah, elle, est dithyrambique et est partie faire dédicacer son livre.

Céline s'apprête à monter dans sa chambre pour se reposer avant le dîner, puis se ravise. Elle attrape sa veste et sort. Elle pourrait faire un tour au village, peut-être voir le cimetière de plus près. Elle enfonce ses mains dans ses poches et sent un trousseau de clefs. Hier, après sa découverte macabre, elle a couru vers le château sans passer par la dépendance où Brice range ses affaires. Elle se met en route vers le potager, le jardinier lui a indiqué le passage, derrière la haie. Elle songe à la façon dont elle va lui présenter ses excuses, puis s'arrête. Puisqu'elle a déjà les clefs, peut-être pourrait-elle faire un détour pour observer l'arbre une fois de plus. Cette simple idée lui donne des frissons mais l'attire terriblement. Hier, elle est partie trop vite, elle n'a pas eu le temps de se faire une bonne idée de la situation. Elle n'a peut-être pas remarqué que la robe était abîmée, que d'autres détritus encerclaient finalement le pied de l'arbre. Le pont de pierre abîmé et moussu est certes inquiétant en automne, mais par un beau jour de printemps, l'endroit doit être charmant, tout près de l'eau. Des campeurs ont pu s'installer près du marronnier à la belle saison et laisser quelques affaires derrière eux en partant. Cette visite lui permettra de trouver une explication rationnelle à cet épouvantail forestier et, cette nuit, elle dormira d'un sommeil profond.

Elle atteint le mur, enfonce la clef dans la serrure et tire la porte. Il lui faut beaucoup plus de temps et de force qu'il n'en a fallu à Brice lorsqu'il s'est chargé de l'opération. Enfin, elle se faufile et s'engage dans le bois. Cette fois, elle fait attention aux racines et ne trébuche qu'une fois. Devant le pont, elle inspire profondément et traverse la Viosne. Elle fait enfin face à l'arbre. Le cœur battant, elle remarque que la paire de collants gris est toujours là, plutôt propre et sans trou. Elle fait le tour du marronnier. La robe de petite fille se balance doucement au vent. Le tissu blanc a viré au gris à cause de l'humidité. Après avoir méticuleusement observé les deux vêtements, Céline lève un peu plus la tête. Elle l'a vu dès son arrivée, depuis l'autre rive, mais avait bloqué l'information dans son cerveau. Elle a attendu la dernière minute pour lui accorder son attention. Elle s'astreint au calme et enregistre la scène, méthodiquement, pour tenir la panique à distance. Là, au-dessus de la robe, pend un gilet en laine bleu marine. Céline distingue parfaitement le col Claudine exagérément dentelé, typique des vêtements des petites filles sages.

Elle en est sûre, le gilet n'était pas là la veille.

Elle reprend le chemin du château. Malgré ses propres pensées d'apaisement, elle ne contrôle pas entièrement son corps et elle le sent s'élancer plus vite qu'elle ne le lui a ordonné sur la piste. Elle referme soigneusement la vieille porte derrière elle pour créer une frontière nette entre le parc et la forêt. Sans réfléchir, elle se dirige vers la haie. Elle trouve le passage et distingue la dépendance, invisible si l'on n'en connaît pas la présence. Là, sans pouvoir se l'expliquer, elle sait qu'elle trouvera protection. La porte est entrouverte, de la musique s'échappe. Elle pénètre dans le bâtiment sans penser à se recoiffer, elle qui la veille encore s'était maquillée dans l'espoir de le croiser. Elle est trop bouleversée. Brice est assis au milieu de la pièce, il nettoie ses outils. Autour de lui, des dizaines de pots sont déposés à même le sol, vides ou pleins d'une terre aride et d'une plante desséchée. Sur le côté, une longue planche montée sur deux tréteaux soutient une armée organisée de semis, première étape avant le triomphe du potager. Il l'a entendue surgir et a relevé la tête mais ne s'est pas levé pour autant. Elle tend maladroitement le trousseau de clefs et baragouine une excuse. Brice l'absout : il n'a pas eu besoin des clefs aujourd'hui. Voilà, c'est fait, elle n'a plus qu'à s'en aller. Mais elle reste là, immobile et à nouveau muette. Elle voudrait s'en remettre à sa force tranquille. Voyant qu'elle l'observe toujours, Brice pose ses outils au sol et se lève enfin, il lui demande si elle se sent bien, elle semble pâle. Elle hausse les épaules mais n'arrive pas à articuler le moindre son, les larmes lui montent aux yeux et intérieurement, elle enrage. Elle ne veut pas pleurer. Brice fait mine de n'avoir rien remarqué et s'enfonce dans la pièce. Il s'arrête devant une antique chaise adossée contre le mur. Une boîte repose dessus, qu'il met par terre. L'assise est couverte de poussière, sauf à l'endroit où la boîte était posée. L'objet a creusé dans le cuir un carré peu profond. Il l'apporte à Céline, et elle note mécaniquement que la chaise, typique des années cinquante, ferait fureur en brocante. Son intérêt pour les objets anciens la ramène un instant à la réalité et elle réussit à prendre de grandes goulées d'air. Elle s'installe sur la chaise. Brice a déterré d'un buffet bancal une bouteille de gentiane et deux verres à moutarde. Il s'excuse, c'est tout ce qu'il a sous la main. Elle prend une large gorgée de liquide amer et retrouve le courage de parler.

— Brice, vous voyez le pont, un peu après le mur, dans le bois ?

Brice voit très bien, c'est même lui qui lui en a parlé la première fois.

— Juste après, il y a un arbre, un marronnier. Et dans cet arbre, des vêtements sont suspendus, des vêtements d'enfant.

Elle reprend une gorgée avant de continuer.

— Il paraît qu'il y a une coutume locale qui consiste à attacher l'habit d'un malade à un arbre, pour le délivrer d'une affection. Cela s'appelle un arbre à loques, vous connaissez ?

Brice hoche la tête.

— Le jour où vous nous avez ouvert la porte pour la première fois, j'ai vu une paire de collants. Hier, une robe. Et ce soir, un gilet. On dirait que quelqu'un s'amuse à accrocher là une tenue, méthodiquement, jour après jour. C'est étrange, non ? Qui pourrait faire cela ?

La voix de Céline a légèrement dérapé sur la dernière question mais elle a réussi à libérer ce qu'elle avait sur le cœur. Elle est soulagée. Son instinct lui a dicté de tout raconter à Brice, c'est un homme sur lequel on peut compter, se reposer. Elle tend vers lui un regard plein d'espoir.

Brice n'a aucune réponse à lui fournir. Il finit son verre d'un coup et va reposer la bouteille dans le buffet, signifiant qu'une deuxième tournée n'est pas au programme. Il attrape ensuite ses outils posés au sol et commence à les ranger, tournant le dos à Céline. Sa réaction la trouble, mais elle insiste. A-t-il remarqué quelque chose ? A-t-il vu l'arbre lui-même ? Peut-être a-t-il noté quelques passages inhabituels derrière le mur ? Brice, le visage fermé, répond à peine à ses questions. Bientôt, il s'approche de la porte et invite Céline à prendre congé. Interloquée, elle se lève sans pouvoir ajouter un mot. Plus vite qu'elle ne s'en aperçoit, elle se retrouve dehors. Brice sort à son tour et verrouille la porte. Seule au milieu du parc, elle regarde Brice s'élancer vers le village. Avant de partir, il a tout de même grommelé une excuse : sa journée était terminée, il devait rentrer. Elle est trop abrutie par la soudaineté du revirement de situation pour le suivre. Quelques minutes plus tôt, il l'accueillait presque chaleureusement, l'installait sur une chaise époussetée et lui servait de quoi se requinquer. Il semblait prêt à l'écouter, à la réconforter. Et puis, elle a mentionné l'arbre, les vêtements, et il a tiré le rideau. Il s'est enfui.

Céline ronge sa déception. Bien sûr, Sarah avait raison. Elle ne peut nier avoir trouvé Brice attirant. Elle a provoqué la rencontre de la veille en s'attardant près de l'eau. En sa présence, elle se trouve gauche, ses gestes sont affectés, et ce sont bien les signes d'un penchant soudain. Et elle a été grisée par cette sensation tout en la redoutant. Car Brice est la première personne de chair et d'os pour laquelle son corps réagit depuis Sören.

Elle est toujours seule dans le parc et la nuit tombe. Une faible lueur s'échappe des hautes portes-fenêtres de la bibliothèque et l'éclaire. Elle est déçue par la conclusion de leur conversation. Mais au-delà de la déception, il y a autre chose, une chose qui lui glace la colonne vertébrale et finit en un frisson à la base du crâne. La réaction du jardinier, ce soir, n'était pas naturelle.

Et si, à l'origine de l'installation funèbre dans le bois, il n'y avait nul autre que Brice ?

— 7 —

Brice a remonté la rue à toute vitesse, est passé devant le cimetière, a traversé le village et regagné sa maison. C'est une petite bâtisse en pierre du Vexin, simple et sans prétention, mais avec un charme certain. Il s'y est toujours senti bien. Devant la porte familière, il regagne petit à petit son calme. Il cale à tour de rôle ses pieds dans le tire-botte en fonte en forme de coccinelle et se déchausse. Il laisse ses bottes en caoutchouc sous le porche et pénètre dans la cuisine mal éclairée. Son souffle est plus régulier mais l'appréhension ne l'a pas totalement quitté. Aux aguets, il se campe devant la fenêtre. D'ici, il a vue sur la rue. Si elle l'a suivi, il la verra arriver. Après de longues minutes d'observation, il conclut avec soulagement que la rue reste déserte (à cette heure-ci, il est rare d'y voir quelqu'un). Personne ne lui a collé aux talons.

Sur ce constat apaisant, il entame sa routine journalière. D'abord, sortir une bière du réfrigérateur. Il la fera durer longtemps. Il ne s'autorise qu'une bouteille par jour, il ne veut pas ressembler à son grand-père dont le ventre est devenu rond et tendu à force d'avoir suivi un régime qualifié à l'époque de viril, c'est-à-dire constitué essentiellement de lard et de pommes de terre, toujours arrosé, mais rarement d'eau. Cette consommation limitée lui permet de dépenser un peu plus d'argent et de s'offrir de la bière belge. Il décapsule la bouteille et traverse le petit salon. À l'époque où il cherchait à s'installer, il avait épluché de nombreuses annonces, beaucoup décrivant de belles maisons bourgeoises. Ce n'est pas ce qui manque dans le coin. Mais pour lui seul, c'était trop grand, qu'aurait-il fait de toutes ces chambres ? Et puis, il ne disposait pas d'un tel budget. Cette maison lui suffisait amplement. Et surtout, elle jouissait d'un atout caché : un beau bout de terrain où tout était à réinventer. Une fois les clefs en main, il a repoussé la rénovation de la décoration intérieure, vieillotte à souhait, et s'est attelé à la construction d'un jardin d'hiver, terme certes un peu pompeux pour décrire l'étroite serre dressée contre la façade arrière de la maison. À l'abri des intempéries, il y a installé ses précieux agrumes. Ce n'est qu'une fois les plantes à leur aise qu'il a pu s'atteler à rénover le reste de la maison. Mais l'avancée des travaux est lente, car dès qu'il a du temps libre et que la météo le permet, il préfère se consacrer au jardin.

Une fois dans la petite serre, il prend une première gorgée de bière et commence l'inspection des précieuses plantes. D'ordinaire, leur présence l'apaise. Il inspecte les feuilles et les racines de ses orangers, citronniers, calamondins et kumquatines. Ce soir, le repos de son esprit n'est que superficiel. Très vite, l'urgence le reprend. Bon Dieu, ce qu'il avait craint est arrivé ! Évidemment, quelqu'un a posé des questions à propos de l'arbre ! Forcément, c'était Céline, la mignonne, avec des formes appétissantes. Elle lui a tapé dans l'œil dès leur rencontre. Mais Brice n'est pas qu'un rustre ; contrairement à son apparence, il sait se montrer subtil. Il a l'impression qu'elle s'efforce de rester maîtresse d'elle-même alors que, sur son visage, chaque émotion s'inscrit sans retenue. Elle lui a paru sensible mais sensée, caractère qu'il lui semble important de relever. Avec les stages de spiritualité organisés par Anne, il en a vu défiler, des agités du bocal. Il se demande bien comment elle les supporte. Mais Anne a toujours fait montre d'une grande tolérance. Déjà à l'époque, quand Brice était petit, c'était la seule parmi les grands à l'accepter.

Les grands-parents de Brice, comme ceux d'Anne, vivaient au village. Contrairement à Anne, qui rendait uniquement visite à ses grands-parents pendant les vacances, lui restait parfois chez les siens des semaines entières, selon l'ambiance entre ses parents. Lorsque l'atmosphère était à la dispute, et c'était souvent le cas, il trouvait refuge chez eux. Ils n'étaient pas plus aimants que sa mère ou son père, mais au moins, dans la petite maison ouvrière en brique, personne ne hurlait et il mangeait correctement. Ses parents, tout à leurs affres, oubliaient régulièrement de préparer le repas et de le nourrir. Ainsi, ses aïeux lui ont permis d'avoir une enfance plus ou moins stable, mais il garde pour leur souvenir peu d'affection. À leur mort, d'ailleurs, il ne s'est pas installé chez eux et a préféré revendre leur logis au profit de l'actuel.

Heureusement, pour apaiser l'angoisse liée à sa situation familiale, il y avait le potager du grand-père, qui lui apprenait à cultiver choux, carottes et les fameuses pommes de terre. À discuter avec des gens de son âge, il a l'impression que, pour la génération de ses grands-parents, la transmission de connaissances était ce qui s'approchait peut-être le plus d'une marque d'affection. Pour oublier les baffes de son père, il y avait aussi les vacances. Les enfants du village se retrouvaient alors et tentaient de se faire accepter par les fortes têtes, c'est-à-dire les plus âgés. Parmi eux, Anne se distinguait. Elle n'était pas qu'une simple adolescente, elle venait de la ville et logeait au château. Elle inspirait un certain respect, même aux caïds du village, sans pour autant se montrer condescendante envers ceux qui avaient arrêté l'école tôt et zonaient sous l'abribus. Brice, lui, était plus jeune. Pour cette faute, il n'était pas rare qu'il soit rejeté du groupe ou maintenu à l'écart. Mais lorsque Anne était là, personne n'osait s'opposer à la présence du petit. Il s'incrustait alors dans la bande et se joignait aux adolescents, fumait des clopes avec eux dans le bois, sous la grotte, sorte de creux naturellement formé dans un gros rocher. Lorsque le temps était à la pluie, il fallait se serrer là-dedans pour se protéger des gouttes. Aux plus faibles du clan étaient réservées les places situées aux extrémités de la paroi, là où la roche n'offrait pas de protection complète. Les nuits d'été, Brice se forçait à boire avec les autres des fonds de bouteilles de vin rouge volées aux parents de l'un ou de l'autre. Il détestait le goût âcre du liquide mais ne voulait pas perdre la face devant les autres.

De cette époque il a maintenant un souvenir flou, il mélange les années et les têtes de ceux qui sont partis vivre loin. Mais d'Anne, il garde une vive impression. Il se souvient de sa présence, parfois presque mutique, mais dense. Et puis ils avaient tous atteint l'âge adulte et il n'avait plus beaucoup vu Anne, elle ne rendait plus aussi souvent visite à ses grands-parents. Enfin ils étaient morts, le vieux d'abord, d'un infarctus dans son lit, une belle mort. La grand-mère ensuite, plus lentement, après plusieurs séjours à l'hôpital. Alors il n'avait plus du tout vu Anne pendant plusieurs années. Elle était revenue sans crier gare, s'était installée au château à temps plein et avait ouvert le lieu au public. Au début, elle ne se mêlait que très peu aux villageois, elle restait là-bas, à la sortie du bourg. Elle avait tant à faire. Après plusieurs semaines à tergiverser, il avait mis ses craintes et sa timidité de côté et avait fini par se résoudre à aller la saluer. Se souvenait-elle de lui ? Bien sûr ! Comment oublier Briceau ? Elle avait spontanément utilisé le surnom dont on l'affublait à l'époque, même s'il n'avait plus rien à voir avec l'image d'un frêle roseau, petit dernier de la bande, mais tout d'un homme des bois bien bâti. Et très vite, ils avaient repris là où ils s'étaient arrêtés, privilège d'une relation démarrée dans l'enfance. Anne avait des plans pour le château, il fallait quelqu'un pour s'occuper du parc, certes, mais elle rêvait aussi d'atteindre une certaine autonomie alimentaire. Lui était jardinier alors elle l'avait engagé, c'était simple.

Il porte la bouteille de bière à ses lèvres mais n'aspire qu'une gorgée de mousse. Surpris, il la soulève et la maintient devant la lumière déclinante du jour, inspecte le verre brun. Il constate avec déception et étonnement que la bouteille est déjà vide. D'ordinaire il lui reste de quoi accompagner son dîner, alors qu'aujourd'hui il n'a même pas encore commencé à cuisiner qu'il a déjà tout bu. C'est à cause de cette femme, aussi ! Céline. De tous, il a fallu que ce soit elle qui fourre son nez là-bas. Il savait bien que c'était dangereux, que l'arbre n'était pas loin du parc, mais il s'était rassuré en se disant qu'à cette saison, rares sont les stagiaires qui s'aventurent dehors. C'était sans compter sur le groupe de curieux dont Céline faisait partie. Que faire, à présent ? Il observe la bouteille vide d'un air triste et essaie de tenir quelques instants à l'écart la pensée qui s'impose à son esprit. Pourtant elle est déjà là, et la réponse enfle en lui. Il n'a pas le choix, il va devoir éviter de recroiser Céline. Il espère que cela sera suffisant, car sous ses airs fragiles, elle semble tenace.

Si elle revient à l'assaut, il ne sait pas ce qu'il fera...

Il résiste à la tentation de décapsuler une seconde bouteille, l'image de son grand-père ventru bien en tête. C'est quand même trop bête, cette histoire avec Céline ; pour une fois qu'une femme lui plaît, il n'aura pas l'occasion de découvrir ce que cachent ses vêtements ajustés. Depuis le départ d'Hortense, il est seul et n'aurait pas dit non à un peu de compagnie. Hortense, c'était son amour de jeunesse. À dix-huit ans, ils sortaient ensemble. À trente, alors qu'ils parlaient d'acheter, d'avoir un enfant, elle était finalement partie faire tout cela avec un autre. Elle n'avait pas grand-chose à reprocher à Brice, si ce n'est qu'elle s'ennuyait avec lui.

Si elle avait su les pensées qui le traversaient, elle aurait bien vite ravalé son jugement, la Hortense...

Brice attrape d'un geste rageur la seconde bouteille de bière et claque la porte du réfrigérateur. Qu'elles aillent au diable, ces femmes ! En fin de compte, elles ne lui apportent qu'emmerdements.

Et il est temps que cela cesse.

— 8 —

Quatrième jour de stage, cinq heures du matin. Céline est déjà debout. Habillée, elle s'apprête à quitter la chambre. Réveillée encore une fois vers trois heures par un bruit anormal dans le couloir, elle n'a pas réussi à trouver le sommeil. Ou alors elle a somnolé, mais elle ne s'en souvient plus. Elle a plutôt l'impression d'avoir attendu des heures que le jour vienne, emmitouflée dans la couverture, adossée aux oreillers. Pas question pour elle de s'aventurer hors de la chambre en pleine nuit. Depuis deux jours, elle garde les rideaux grands ouverts de jour comme de nuit. La fenêtre révèle une aube pâlotte. Cela lui suffit. Elle se couvre bien et ouvre précautionneusement la porte de sa chambre. Dans le couloir, tout est calme. Elle s'y engage et compte automatiquement les consoles devant lesquelles elle passe. Plus que deux avant d'atteindre l'escalier. Elle note sans s'en apercevoir les bibelots désormais familiers : le voilier, les nombreux candélabres, les vases, la bonbonnière en cristal de Russie.

Une fois dans la vaste entrée, elle attrape sa veste, son écharpe, et déverrouille la porte. Dans le parc, les ombres formées par la végétation sont encore denses et mangent la majorité de la pelouse. Il fait sombre, mais au moins elle est hors de portée de l'atmosphère du château, de son activité nocturne funeste et de l'influence immonde de l'ancien maître des lieux. Dans un coin de sa tête, Céline sait que ses pensées sont irrationnelles, elle ne croit pas aux esprits. Pourtant cette nuit, lorsque le bruit s'est à nouveau produit, elle a été terrifiée. Cette fois-ci, elle a distinctement entendu un objet tomber au sol et rouler dans le couloir, d'abord vers l'escalier, puis à nouveau en direction de sa chambre. Le bruit s'est prolongé longtemps, et elle a eu l'impression qu'une chose montait la garde devant sa chambre, comme pour l'empêcher d'en sortir. Elle prend de longues inspirations et décide de marcher dans le parc. Peu à peu, elle retrouve le contrôle. La délivrance vient toujours avec l'aube. En d'autres occasions, l'aphorisme, banal et niais, lui aurait fait lever les yeux au ciel. Pourtant, donnez-lui une nuit d'horreur et l'homme goûtera l'essence véritable du soulagement arrivant avec le nouveau jour.

Elle traverse le jardin potager et, avec un pincement au cœur, évite de regarder en direction de la dépendance où Brice entretient ses outils. Le bâtiment est invisible depuis son point de vue, pourtant sa promiscuité ravive son malaise. Elle ne veut pas encore penser au comportement du jardinier et à ses implications alors qu'elle n'est toujours pas complètement lavée de la frayeur de la nuit. Elle décide de s'éloigner et s'engage vers la rivière. Pour une fois, le faible courant de la Viosne et son nonchalant trajet lui paraissent bienvenus, apaisants. À dix mètres du cours d'eau, elle est stoppée net dans sa course. Elle n'en croit pas ses yeux ! Devant elle, les deux pieds campés dans l'eau, Pascal, seau à la main, s'adonne à des ablutions matinales dans le plus simple appareil. La vision, inattendue, lui redonne le sourire. À travers le rituel purificateur de Pascal, Céline se sent bel et bien débarrassée des dernières ondes négatives du château et s'élance vers la cuisine. Il est cinq heures trente, elle a le temps de prendre une douche et, dans une demi-heure, Anne sera certainement en train de préparer le petit déjeuner. L'idée de partager un moment avec la maîtresse de maison a raison de ses dernières angoisses.

— Anne, c'est comment, d'avoir grandi dans un château ?

Céline est installée devant une tasse fumante et observe la maîtresse de maison dresser la table.

— J'ai peur que ma réponse ne vous déçoive. Il appartenait à mes grands-parents, enfant, j'y passais seulement quelques week-ends et vacances. Quand on est jeune, on n'a pas conscience d'avoir accès à une demeure qui sort de l'ordinaire. Adulte, après une période d'euphorie à l'idée de m'y installer, j'ai vite été saisie par la somme de travail qu'elle nécessite !

Céline garde le silence un moment. Cette explication dépourvue de l'enthousiasme supposé l'étonne. Il est vrai que maintenir seule à flot un établissement d'une telle envergure doit parfois tenir de la gageure. Elle aimerait interroger Anne sur son célibat, sans paraître impolie. Elle doit faire preuve de tact. Elle persévère et creuse le sujet du château.

— Des murs si anciens, qui ont abrité tant d'histoire, ça ne laisse pas indifférent. Chaque génération laisse une marque, un peu comme nos objets exposés au musée. On a par exemple eu un mal fou à restaurer un calice dont la fonction religieuse a probablement été perdue à la Révolution. Juste avant d'arriver au musée, il était utilisé comme pot de fleurs par des particuliers ! Ça n'a pas été trop impressionnant et intimidant d'élire le château comme votre résidence principale ?

Et d'une petite voix, alors qu'Anne lui lance un regard interrogateur, Céline ajoute :

— Seule, je veux dire ?

On repassera pour le tact.

Anne aligne une dernière cuiller et s'installe à table. Elle saisit la théière et, après avoir rempli d'autorité la tasse de Céline, se sert. Loin de paraître offensée par l'implication de la question, elle réfléchit avec sérieux à la réponse. Après une gorgée, elle décide de se lancer :

— Je n'ai pas vécu la solitude comme un obstacle ou un frein. Maintenant que j'y pense, une fois engagée vers cet objectif, rien n'aurait pu m'arrêter, j'ai foncé comme un bélier !

Elle part dans un éclat de rire cristallin avant de reprendre :

— M'établir ici, ouvrir le château, apparaissait comme une évidence. J'ai voulu construire un refuge où les résidents s'octroient le droit de prendre une pause. Vous savez, je suis très têtue, une fois mon esprit braqué sur un objectif, j'ai du mal à lâcher.

Céline n'a aucun mal à imaginer Anne obtenir ce qu'elle souhaite. Sous une façade calme, attentionnée, bouillonnent une volonté inébranlable et une autorité naturelle, atouts bien utiles pour recruter l'aide nécessaire. Anne a d'ailleurs entraîné Brice dans son aventure. Songer au jardinier assombrit l'humeur de Céline. Heureuse d'avoir Anne pour elle seule, elle s'était enfin adonnée au plaisir d'une conversation anodine et avait profité de chaque minute, enveloppée par la présence rassurante de l'hôtesse. Le désir de retrouver cet état d'esprit est fort et, pour oublier Brice, elle s'efforce de se concentrer à nouveau sur Anne. Elle s'apprête à ouvrir la bouche, mais son interlocutrice regarde sa montre et saute de sa chaise. Le dos déjà tourné, elle formule quelques excuses et se précipite dans l'entrée. Le gong retentit alors.

Anne s'active à nouveau dans la cuisine et Céline offre son aide, mais l'hôtesse lui intime de rester assise. Trop heureuse de se faire materner ainsi, Céline n'insiste pas. Une fois le calme revenu, les deux femmes sont à nouveau l'une à côté de l'autre. Le visage d'Anne se fend d'un franc sourire et Céline l'interprète comme une invitation à reprendre là où elles en étaient restées.

— Vous n'avez donc pas toujours habité au château, pourquoi choisir de vous y installer pour de bon ?

La porte de la cuisine s'ouvre et les autres membres du groupe s'engouffrent un à un dans la pièce, mal réveillés. Ils attrapent des tasses de thé avec reconnaissance et avidité et, après les premières gorgées, la conversation générale s'amorce et s'amplifie. Bien sûr, Anne s'y mêle et s'enquiert du bien-être de ses pensionnaires. Rayonnante, elle mène son rôle de cheffe de troupe à merveille. Pourtant, pendant un instant, Céline aurait juré l'avoir vue flancher à sa dernière question.

À table, Céline est assise à côté de la discrète Assia, jeune maman fatiguée qui a tout misé sur ce court stage pour retrouver sa forme pré-accouchement et le sentiment de s'appartenir à nouveau. De l'autre côté pérore déjà Mathilde, la femme aux mille maux. Elle chuchote au sujet de Véronique. Ont-elles noté comme elle transpire ? Elle prie pour ne pas se retrouver à côté, elle empeste ! Céline aussi tâchera de s'en tenir éloignée, mais devant Mathilde, elle fait mine de ne rien avoir remarqué. Mathilde ne se décourage pas, elle trouve un autre angle d'attaque. Elle espère bien qu'aujourd'hui, Véronique se débrouillera toute seule pour les inversions au lieu de monopoliser la prof. Assia jette un regard à Céline, qui se retient de répliquer. Les besoins personnels de Véronique ne sont rien comparés aux nombreux aménagements sollicités par Mathilde pour soulager ses multiples soucis de santé.

Après le petit déjeuner, ils se dirigent vers la salle ronde de la tour pour leur séance de yoga. C'est une matinée violette sur le calendrier, cela signifie que le cours sera donné par la douce Carolina, et Céline s'en réjouit. Après ses récentes émotions, elle n'aurait pas bien accueilli la rudesse de Sophie aussi tôt dans la journée. Anne accompagne la troupe, alors que d'habitude elle reste à la cuisine et débarrasse le petit déjeuner. Lorsqu'ils pénètrent dans la pièce après avoir grimpé à l'étage dans un ballet maintenant parfaitement orchestré, Céline voit Anne serrer chaleureusement le bras de Carolina. Elle déroule son tapis, s'y installe en vitesse et prie intérieurement ses camarades de se presser ; quelque chose se trame, elle le sent, et il lui tarde de savoir. Les surprises, aujourd'hui, la rendent nerveuse. Enfin le dernier participant, Pascal comme à l'accoutumée, prend place sur sa brique. Céline apprécie l'ironie de la situation : Mathilde et Véronique sont côte à côte. Anne, tout sourire, invite la professeure de yoga à se lancer, et Carolina prend la parole. Elle les remercie pour les premiers jours de stage passés ensemble, elle trouve l'énergie du groupe particulièrement bienveillante et reconnaît sa chance d'enseigner auprès d'une troupe de si belle qualité. C'est pourquoi elle est heureuse de s'ouvrir à eux : elle est enceinte ! À cette annonce, la main de Carolina s'est automatiquement posée sur son ventre, et la professeure se met à sourire, d'une façon un peu timide, mais son bonheur ne fait aucun doute. Anne lance les applaudissements et le groupe se joint à elle. Le silence ainsi rompu, chacun se sent invité à commenter la nouvelle, qui de présenter ses félicitations, qui de s'enquérir de la forme de la future maman. En revanche, personne ne se lève pour prendre Carolina dans ses bras, elle est maintenant aux yeux de la majorité déesse créatrice, porteuse d'une graine fragile et sacrée qu'il ne faudrait pas écraser dans une embrassade trop ardente. Même si, de sa grossesse entamée il y a trois mois, le corps de Carolina ne révèle pour le moment aucun signe.

Puisque aujourd'hui est un jour spécial, leur professeure de yoga leur propose de démarrer la séance de façon différente. Au lieu d'entamer l'exercice par plusieurs salutations au soleil, elle suggère une méditation guidée. Elle les invite à trouver une position confortable, de préférence assise, afin de conserver l'axe des chakras, partant du pubis et se terminant au-dessus du crâne, vers le ciel. Ils ferment les yeux, puis Carolina les guide. L'expiration doit être plus longue que l'inspiration. Il est important de vider complètement les poumons, autrement un air vicié, jamais renouvelé, s'accumule dans les alvéoles. Après plusieurs cycles de respiration profonde, elle leur propose de se concentrer sur sa voix, qu'elle a grave et réconfortante, et de faire le vide en eux. Des pensées vont surgir, irrémédiablement. Qu'ils les accueillent sans jugement et les laissent partir, comme si elles glissaient à la surface de leur esprit. Céline s'échine à se prendre au jeu et à se laisser porter par la voix de Carolina.

— Le lac Baïkal se trouve dans le Sud de la Russie, tout près de la frontière avec la Mongolie. Cet immense lac constitue la plus grande réserve d'eau douce de la planète. Lorsque l'on y plonge, ses eaux claires permettent de voir loin. Il n'est pas dit que l'on connaisse toutes les espèces que cette étendue d'eau abrite, étant donné sa profondeur. Le fond du lac se trouve en effet à presque dix-sept kilomètres de la surface. Au centre du lac se dresse un rocher, plus immergé qu'émergé. Personne ne connaît encore la totalité des trésors de biodiversité qu'il protège. Plus la roche s'enfonce, plus les espèces ayant trouvé un abri en son sein deviennent étonnantes et merveilleuses.

« Vous êtes comme ce rocher, au centre du lac Baïkal. Vos racines sont profondément ancrées dans la croûte terrestre. Pourtant, votre esprit s'élève haut vers le ciel. Vos richesses intérieures sont protégées par les anfractuosités de votre corps et de votre âme. Vous êtes rocher et, tout autour de vous, il n'y a qu'eau pure et limpide, à perte de vue. Il n'y a que calme et silence. Si une pensée venait à surgir, ne vous braquez pas, ne la repoussez pas. Observez-la simplement, comme le rocher accueille le poisson. Et laissez-la partir, remettez-la à l'eau. Regardez comme les ondulations créées par votre geste s'estompent déjà. Et si cent, et si mille pensées vous arrivent, reproduisez le même procédé, avec une patience infinie, comme un enfant qui souhaite se mettre debout et tombe. Inlassablement, il posera les deux mains fermement à terre, poussera sur ses genoux et tentera à nouveau l'expérience.

Céline éprouvait déjà beaucoup de difficultés à se laisser guider par le récit, mais voilà que Carolina lui porte le coup de grâce. Depuis l'annonce de l'heureux événement, elle se débat avec des sentiments qu'elle juge peu glorieux. Lorsque Carolina leur a dit être enceinte, Céline a applaudi avec les autres, mais sans conviction. Elle a remué les lèvres, mais aucun mot n'en est sorti. Une décharge, comme une vieille douleur oubliée, lui a fendu le ventre. Céline est mal à l'aise face à la grossesse et la maternité. On pourrait penser qu'elle projette sa peur sur les autres, voilà tout, sa peur de voir son corps changé à jamais par un organisme étranger, et sa vie bouleversée. Mais ses réactions ne se limitent pas à cette peur, elles sont plus retorses et la conduisent souvent à faire face à des pensées dont elle n'est pas fière. Elle se retrouve alors tiraillée entre la culpabilité d'avoir de telles idées et le droit de ressentir ses émotions. Dolto aurait dit entre autres, d'après les souvenirs de Céline, que toutes les pensées étaient permises mais pas tous les actes. Elle se raccroche à la première partie de l'assertion pour apaiser sa culpabilité.

Il ne s'agit pas non plus d'un simple sentiment de malaise ou de dégoût, qu'elle a déjà observé chez des amies plus jeunes et qui a été balayé avec l'arrivée de leurs trente ans et leur premier désir de grossesse. Non, le sentiment est plus complexe, plus perfide. Lorsque Céline admire une femme ou apprécie son travail, elle est profondément déçue si celle-ci tombe enceinte. Voilà que, comme toutes les autres, son héroïne a succombé au bas désir de procréer. Et comme le réveil des consciences de ces dernières années s'est accompagné de la levée ô combien nécessaire de l'omerta autour de la grossesse et de l'accouchement, la femme que Céline admire n'hésite pas à partager son expérience sur les réseaux sociaux. Car il faut que la parole de la femme puisse être libre, car l'appareil reproducteur féminin ne doit plus être méconnu, car les violences obstétricales doivent cesser. Car les femmes doivent reprendre le pouvoir sur leur corps, et cela passe aussi par une transmission du savoir. Et de cela, Céline en est intellectuellement convaincue.

C'est là que réside d'ailleurs sa lutte intérieure.

Elle sait que sa réaction va à l'encontre de ses convictions féministes mais elle n'arrive pas à la réprimer. Quand une femme tombe enceinte, elle le perçoit comme un échec, comme une facilité, comme le signe que l'être humain n'est pas si loin de ses pulsions animales. Elle abhorre l'aura qui entoure la femme enceinte, la vénération asexuée qu'on lui voue, le petit sourire satisfait sur les lèvres des futures mamans. De quoi sont-elles satisfaites, au juste ? De donner la vie ? Comme des milliards de femmes avant elles ? Elle se retient de mordre lorsque des mères affirment d'un air assuré que la parentalité change la vie, que l'on ne peut pas comprendre avant de l'avoir vécue. Pourquoi passent-elles donc leur temps à se plaindre de leur progéniture, alors ? Qu'ont-elles à dire face à leur corps à jamais mutilé, leurs cernes sous les yeux, leur couple à la dérive ?

Pourtant, il était nécessaire qu'enfin les femmes prennent le droit, encore fragile, de parler du côté sombre de la maternité. En public, Céline est la première à applaudir cette avancée. Au tréfonds de ses contradictions, en revanche, elle regrette ces épanchements et a envie de crier. Elle souhaite que leurs plaintes cessent. Si la parentalité est si difficile, pourquoi s'être lancé dans l'aventure ? Parfois plus d'une fois ? Et puis, il est si présomptueux de la part des parents de penser que le monde bénéficiera de l'arrivée de leur progéniture.

À Paris, lorsqu'un énième enfant dirige maladroitement sa trottinette dans les jambes de Céline, elle lance des regards noirs aux géniteurs indulgents. L'enfant quant à lui, roi de son monde, ignore toujours superbement les individus qui l'entourent, comme si devant lui tous les adultes devaient s'effacer dans une adulation innée. Face à ce résultat, Céline se demande si toutes les souffrances parentales détaillées sur les réseaux sociaux en valent vraiment la peine. Heureusement, son opinion tient plutôt du concept général. C'est l'idée de la maternité qui la hérisse. Elle éprouve en revanche de l'affection pour les enfants dont elle est proche et qu'elle connaît, comme la petite Maya par exemple.

— C'était bien, cette séance, ça change.

Dans la salle à manger, Sarah retrouve Jordan et Céline, une assiette en main. Céline se calque sur la réaction de Jordan et commente mollement l'annonce de leur professeure, assure qu'elle s'en réjouit. Puis elle retombe dans le silence, et Sarah l'apostrophe.

— Céline, il n'y a pas à dire, ce stage a un effet inattendu sur toi ! Plus les jours passent et plus tu as mauvaise mine ! Ou alors tu as fait peut-être vœu de silence, comme les moines ?

Sarah ponctue sa question d'un éclat de rire et Céline, bien que soucieuse, lui en est reconnaissante. Aux côtés de la cartomancienne, l'atmosphère est plus légère. Et il est réconfortant de sentir que son état inquiète sa nouvelle amie. Mais Sarah n'a pas tort, l'esprit de Céline est à mille lieues des promesses de bien-être vantées par le stage. Elle le sent, quelque chose dissone, quelque chose enfle dans l'ombre. Et devant la bête, dans la salle où trône justement le portrait du duc de Reuilly-les-Étangs, elle se sent seule, insignifiante. Elle ancre son regard dans les yeux de Sarah et y détecte une inquiétude véritable. Elle se tourne vers Jordan et voit dans son expression une réelle bonté. Elle décide alors de s'ouvrir à eux. Il est temps de former un clan face à l'adversité.

D'une voix qu'elle s'astreint à garder la plus calme et clinique possible, elle leur raconte sa découverte du gilet de petite fille sage, suspendu de toute évidence récemment, le jour suivant l'entrée en scène de la robe. Puis sa conversation avec Brice, et la réaction on ne peut plus fuyante et douteuse du jardinier. Et enfin, d'une voix devenue faible, ses conclusions. La création malsaine dans le bois ne peut être que celle de Brice. La raison de cet assemblage lui est encore inconnue mais promet certainement des découvertes encore plus tragiques.

Ainsi Céline a parlé, elle a osé déverser ses tourments. Il ne lui reste plus qu'à prier pour que ses camarades ne tournent pas son raisonnement en dérision, ou pire, pour qu'ils ne la rejettent pas. Sarah prend un air songeur avant de briser une fois de plus le silence créé au sein du trio.

— Franchement, ça se tient ton histoire, il a l'air très louche ce Brice.

Encouragé par l'affirmation de sa camarade, Jordan se sent invité à renchérir :

— C'est vrai, depuis le début il ne m'inspire pas confiance. Et puis il se passe toujours des histoires sordides à la campagne, et lui, c'est un pur produit paysan.

Céline n'est pas dupe, la remarque de Jordan va avec le personnage de citoyen du monde qu'il se construit. Il est commun de s'inventer un faux snobisme. En tapant sur une classe sociale, Jordan pense s'élever. Il a la réaction typique des égoïstes trop bien nés ou, à l'inverse, des complexés voulant briser le lien avec leurs origines modestes. Elle penche pour la seconde option. Malgré ces raisons douteuses, elle apprécie tout de même le soutien de son nouvel allié et se retient d'émettre une remarque. Enfin, elle peut leur adresser un franc sourire, décuplé lorsque Sarah, à l'esprit pratique, s'enquiert de la suite du plan. Néanmoins, elle parle d'un air conspirateur, ce qui laisse à penser que la situation l'amuse plus qu'elle ne la tourmente. Cela ne rassure pas Céline, mais une fois de plus, elle s'abstient de tout commentaire. Qu'importent les raisons de Sarah tant qu'elle peut la compter à ses côtés. Rassérénée, elle expose son plan :

— D'abord, j'aimerais vérifier si un nouveau vêtement a fait son apparition dans l'arbre. Mais je ne me vois pas retourner demander les clefs à Brice…

Sarah lui assure pouvoir s'en occuper, avec l'aide de Jordan.

— Et si cela lui mettait la puce à l'oreille ?

— C'est-à-dire ?

— Je ne sais pas… Admettons qu'il soit dangereux et qu'il s'aperçoive que l'on commence à fouiner autour de sa création, qui sait ce qu'il pourrait faire ?

— Si Brice a décidé de monter sa création dans les bois, tout près du château, il n'a aucun problème avec le fait qu'elle soit vue, au contraire.

— Il y a une différence entre exposer et être la cible d'interrogations. Dans un cas, Brice détient le pouvoir en imposant sa création aux autres. Dans l'autre cas, il doit faire face à une inquisition et révéler les raisons sinistres de son œuvre.

Sarah s'offre un instant pour accueillir la réplique de Céline. Celle-ci observe avec chaleur la cartomancienne racler son assiette, d'un geste rude mais naturel qui n'est pas sans évoquer les manières d'Anne. Céline se fait la réflexion que Sarah et Anne, pourtant situées à l'opposé sur le spectre social, se retrouvent dans leurs manières simples et authentiques. Jordan profite du silence pour ajouter :

— C'est vrai qu'il vaut mieux être prudent ; à la campagne, les gens sont capables de tout, ils tuent des animaux. Quand on a déjà pointé sa carabine sur une inoffensive… Comment appelle-t-on la femelle du daim ?

— Une daine ? Mais je ne sais pas si l'espèce vit par ici.

— Peu importe, quand on a déjà pointé sa carabine sur une inoffensive daine, le pas à franchir avant de faire de même sur un homme ne doit pas être grand.

Céline écoute Sarah et Jordan débattre sur le lien entre la chasse et le meurtre pendant quelques minutes, puis les ramène vers le sujet initial.

— Et si on demandait les clefs à Anne ? Elle doit en avoir un double quelque part. On pourrait lui raconter que l'on souhaite s'exercer à la méditation en marchant dans le bois, et qu'il n'est pas très pratique de devoir chaque fois se les procurer auprès de Brice.

Sa proposition a suffi pour capter à nouveau l'attention de ses camarades, qui opinent du chef. L'énergique Sarah commence même à compter sur ses doigts :

— Très bien, donc étape un, on trouve une seconde clef. Étape deux, on va observer l'arbre une nouvelle fois et constater si oui ou non un nouvel habit y est suspendu. Étape trois… On fait quoi pour l'étape trois ?

Céline leur expose alors la suite du plan.

— Anne a trouvé la clef facilement ?

— Non, au départ, elle ne pensait même pas en avoir. Mais j'ai insisté, et elle a tellement à cœur de nous faire plaisir… Elle était coincée au fond d'un tiroir, et Anne a dû fouiller longtemps !

— Quel tiroir ?

— C'est important ?

— Non. Je ne sais pas.

Les nombreuses consoles du couloir défilent devant les yeux de Céline. Son esprit entame automatiquement l'inventaire des bibelots que les meubles soutiennent, et, pour la première fois, au lieu d'apprécier leur présence, elle se sent envahie par les objets.

— Elle était dans l'un des tiroirs de son bureau, sous des tonnes d'autres trucs.

— Son bureau ? Vous êtes allés jusqu'à la maison du gardien ? Je ne vous ai pas vus sortir.

— Non, elle a un bureau ici, au château, à cet étage !

— Mais alors, elle ne nous a pas montré toutes les pièces du château lors de la visite…

— Loin de là ! Tu n'as pas jeté un œil au plan accroché dans le couloir ? Il reste encore beaucoup à explorer. Mais entre les pièces à usage personnel, comme son bureau, et les parties non rénovées, Anne ne peut pas nous emmener partout.

Bien sûr, Céline avait scanné le couloir à plusieurs reprises et noté la présence du plan du château, mis sous verre et suspendu entre deux crucifix. Mais elle ne l'avait pas détaillé, son attention toute dirigée vers les objets décoratifs plutôt que sur les cadres.

Jordan a fini d'expliquer comment Sarah et lui ont récupéré la clef lorsqu'ils arrivent dans le parc. Ils s'activent tous trois sur le chemin, l'opération a pris plus de temps que prévu et ils ne disposent que de quelques minutes avant le début de l'activité de l'après-midi. Près du mur, Jordan s'escrime sur la porte, et Céline vient lui prêter renfort, elle a un peu plus d'expérience que lui avec la vieille serrure et la façon dont il faut soulever la poignée. Puis ils s'élancent jusqu'au pont et le traversent en vitesse. Autour de l'arbre, ils lèvent le nez. Rassérénée par la présence de ses nouveaux alliés, Céline réussit à rompre le silence et pointe le doigt en l'air.

— Ici, les collants, en parfait état de conservation. De ce côté, la robe, informe car chargée d'humidité, certes, mais sans tache, donc suspendue récemment. Plus haut, le gilet au col extravagant.

— Et là…

— Là, un casque de vélo.

Les trois camarades avaient passé une séance de yoga difficile. Incapables de se concentrer correctement, ils n'avaient pas été à la hauteur de la rigueur exigée par Sophie, et elle les avait rabroués à plusieurs reprises. En temps normal, Céline en aurait été mortifiée, mais elle était trop bouleversée par l'ajout de la dernière décoration dans l'arbre pour laisser les critiques de Sophie l'atteindre. Le casque de vélo, de taille enfant, s'était imprimé dans son esprit. Au sein de la forêt automnale, il était immanquable. Sur le canevas brun de la nature environnante, sa couleur rose bonbon tranchait, mais au lieu d'égayer l'atmosphère, elle poussait au malaise, comme une plaie boursouflée sur une peau déjà blême. L'arbre avait de faux airs de sapin de Noël, décoré des plus funestes objets.

Ils se changent rapidement et se retrouvent dehors. Cette fois, au lieu de se diriger vers la rivière, ils s'engagent sur l'allée principale et suivent pour la première fois en sens inverse le chemin emprunté le jour de leur arrivée au château. Ils passent devant le logement du gardien, où Anne tient ses quartiers, et aperçoivent le chat derrière la fenêtre, endormi. Ils ouvrent facilement la grille, qui n'est pas verrouillée, et Céline est encore plus surprise de ne pas l'entendre grincer, comme si elle s'était attendue à ce que l'atmosphère se charge encore plus d'effroi depuis la découverte du grotesque objet dans les branches de l'arbre. Ils longent le cimetière puis s'engagent dans le village en suivant les indications données par Anne. Près de l'église, ils tournent à droite et repèrent l'arrêt de bus, indiqué par un simple panneau. Ici, d'ailleurs, on dit « arrêt de car ». Si les horaires trouvés sur Internet sont à jour, ledit car arrivera dans quatre minutes. Après un voyage d'une heure, ils seront déposés à Senarpont.

En route, ils théorisent sur la signification de l'arbre. L'ajout du casque modifie-t-il quelque chose à l'ensemble ? Est-ce une œuvre abstraite ? Ou alors un arbre à loques, comme évoqué dès le début ? Mais pourquoi ajouter les pièces une à une, l'ordre a-t-il une importance ? Quel message Brice souhaite-t-il transmettre ? A-t-il commis quelque chose d'irréparable et son esprit malade veut-il donner des indices ? Leurs questions sont nombreuses et ne trouvent aucune réponse. La conversation finit par s'épuiser, et Céline passe les dernières minutes du voyage le nez collé à la fenêtre. La départementale défile devant ses yeux, le gris du bitume se confond avec celui du ciel. Son esprit s'égare, elle revoit

Brice, dans la dépendance, occupé à nettoyer ses outils. Il avait retiré son gilet et remonté les manches de sa chemise. Elle avait déboulé dans la pièce dans un état de détresse profond mais avait tout de même remarqué, dans un coin de son esprit, les bras du jardinier, musclés. Il y a des rencontres, rares, où l'attraction semble réciproque et instantanée. À ce moment-là, l'Homme est renvoyé à sa condition animale, comme si son libre arbitre dans le choix de son partenaire était relégué au second plan, bien loin derrière l'instinct, bien enterré sous une couche de sensations uniquement physiques. C'est ce qu'elle avait ressenti la première fois qu'elle avait vu Brice, devant la Viosne, et elle avait été bouleversée de pouvoir encore sentir son corps réagir avec autant d'intensité. Après sa longue période d'abstinence et sa relation avec Sören, uniquement cérébrale, elle avait eu le souffle coupé de sentir son bas-ventre se nouer. Elle y repense, arrive presque à invoquer la sensation à nouveau, croise les jambes, les serre plus fort. Mais soudain, elle doit se détourner encore plus vers la vitre pour cacher les larmes qui brillent au coin de ses yeux. Elle y a cru, à cette renaissance auprès du jardinier ! Elle s'est imaginée se serrer contre son corps, se sentir enveloppée, enfin. Mais bien sûr, elle s'est trompée. Encore une fois, elle a jeté son dévolu sur un homme qu'elle ne connaît ni d'Ève ni d'Adam, et certainement dérangé… Elle enrage, regarde son reflet dans la vitre et a envie de lui hurler : c'est quoi, ton problème ? Tu as un truc pour les mecs tarés, c'est ça ? Pour résumer, c'est elle la fille à problèmes, la fille toujours attirée par les malades, celle qui arrête son choix sur les tordus et les sadiques. Céline fuit son reflet et se concentre sur la route, droit devant. Elle refuse ce rôle, elle ne deviendra pas la fille que l'on plaint avec condescendance, celle qui fait toujours les mauvaises rencontres, à se demander si, au fond, ce n'est pas un peu ce qu'elle cherche, la souffrance. Cette fois-ci, elle ne se laissera pas faire.

Ils arrivent à destination, plus chargés de questions que de réponses. Avant de descendre, Céline s'enquiert auprès du chauffeur de la direction à suivre pour se rendre vers l'arbre à loques.

— Celui de saint Claude ? D'ici, il faut longer la grande route, vous en avez au moins pour vingt-cinq minutes de marche !

C'est bien ce que la carte leur avait indiqué lorsqu'ils avaient vérifié l'itinéraire et préparé leur sortie, ce midi au château. La marche ne leur avait pas fait peur mais ils n'avaient pas pris en compte le froid particulièrement mordant de cette fin de journée. Comme pour les décourager un peu plus encore, une pluie fine s'invite à leur entreprise et ses gouttes invisibles pénètrent lentement mais sûrement leurs vêtements. Ils longent la route, éclairés par les phares de rares voitures. Rapidement, leur détermination s'émousse et ils décident de s'essayer au stop. À chaque passage, ils se rêvent prenant place dans l'habitacle chauffé et protégé de la pluie. Enfin, de trop longues minutes plus tard, ils sont exaucés. Une fois attachée, Céline se frotte les mains pour les réchauffer, et la femme monte le chauffage. Depuis la banquette arrière, Céline lui adresse un sourire de remerciement et remarque le chapelet enroulé autour du rétroviseur. La fine croix se balance légèrement au rythme de la voiture. Après un court moment, la conductrice les dépose, un voile de compassion dans le regard. Céline comprend que la femme les imagine braver la météo dans le but d'accrocher le vêtement d'un proche, ou le leur, afin d'obtenir une guérison. Elle culpabilise et veut la rassurer, mais que peut-elle dire ? Que sa santé n'est pas en cause, si ce n'est qu'elle est tombée sous le charme d'un jardinier bien bâti mais dément ? Qu'elle le soupçonne d'ériger un autel forestier lugubre pour, au mieux, invoquer l'esprit d'une petite fille, au pire, on ne le sait pas encore ? Et que son cerveau bouillonnant relie de façon irrationnelle cette installation à l'esprit d'un vieux duc sadique, probablement responsable de bruits nocturnes inexplicables ? Qu'elle a réussi à entraîner dans son enquête construite sur le vide deux acolytes, certainement plus animés par la pitié et l'envie d'aventure que par la raison ?

Alors elle laisse la dame s'en aller et se tourne vers l'arbre à loques. Tout comme Sarah et Jordan, elle s'immobilise face au spectacle qui se dresse devant eux.

Le site est bien loin de ce qu'elle avait imaginé. À force de baigner dans la spiritualité new age, son inconscient est modelé par des représentations largement diffusées, telles l'image du lotus ou la tête de Bouddha. Elle avait cru trouver un arbre magnifique, immense, déployant ses nombreuses branches sur plusieurs dizaines de mètres, tel Yggdrasil, l'arbre de vie. Elle avait pensé que les vêtements, de couleurs vives, seraient fermement noués à son tronc, ses ramifications, et lui donneraient l'air d'un arbre fertile croulant sous une kyrielle de fruits savoureux. Ou alors, elle s'était représenté une sorte d'arbre aux mouchoirs, cette variété aux majestueuses fleurs blanches, immenses et délicates. Ici, les fleurs auraient été remplacées par des vêtements immaculés soigneusement entremêlés au feuillage. Au lieu de ça, si l'on n'y prête guère attention, ce bord de route ressemble à une décharge. Plusieurs arbres, bien plus chétifs que l'Yggdrasil de Céline, ont déjà perdu la majorité de leurs feuilles. Sur chaque tronc, chaque branche, des vêtements ont été accrochés avec les moyens du bord. Leur quantité est telle qu'ils se recouvrent, s'enchevêtrent. Ils sont trempés, tachés, certains gisent même au sol. On est loin d'un site de recueillement entretenu et ordonné. Ici règne le chaos, la confusion, à l'image du désespoir des malades et de leur famille. Un lieu où même le silence, propice à la prière, est régulièrement brisé par le bruit trivial des voitures lancées sur la départementale.

Après le choc initial, les trois camarades finissent par s'approcher sans mot dire d'une étroite guérite en béton. À l'intérieur se trouve une statue de saint Claude. Une pancarte leur apprend qu'au XVe siècle, une chapelle avait été construite, mais qu'elle fut détruite pendant la guerre et remplacée par cet oratoire. Jordan enrage en lisant le paragraphe suivant. Avant, un imposant arbre était enraciné ici, et c'était lui qui, à l'origine, bénéficiait des attentions du culte. Mais il fut scié dans l'intention de mettre fin à cette pratique dérangeante pour certains. La mesure s'est de toute évidence révélée vaine, et les fervents se sont tournés vers les plus jeunes végétaux peuplant le site. Jordan s'énerve. C'est bien les gens de la campagne de prendre ce genre de mesure ! À force d'être entourés de verdure, ils pensent que la nature est disponible en abondance, illimitée, et que tuer les animaux sauvages ou raser les arbres centenaires est un passe-temps comme un autre.

Une fois l'écriteau lu, les trois amis comprennent mieux l'aspect du lieu. Ils déambulent entre les autels faits d'enchevêtrements de tissu, émus par certaines pièces : une jupe d'été réduite en chiffon, un ciré ayant certainement appartenu à un adolescent, et même une robe de mariée tachée de boue. Soudain, une voiture s'approche et se gare. Un homme s'extirpe de l'habitacle et se dirige vers les arbres enveloppés de vêtements. D'un sac en plastique, il tire un morceau de tissu minuscule qu'il cale tant bien que mal. Il ne s'attarde pas et repart, après avoir adressé un léger hochement de tête au groupe. Encore sonnés par l'expérience, les trois pensionnaires du château de Reuilly-les-Étangs décident de rebrousser chemin et attrapent le dernier car. Sur la route, ils parlent à peine, à la fois déçus par le spectacle qu'ils viennent de contempler, mais secoués aussi par le tragique qui s'en dégage. À peine rentrés, ils se joignent au reste du groupe et dînent au coin du feu. Ils se laissent ramener au réel par la conversation de la troupe et font l'impasse sur leur virée. Même Anne semble deviner leur désarroi et ne les interroge pas.

Naina, la benjamine du groupe, explique les raisons de son inscription au stage. Née en France, d'origine indienne, elle ne connaît pas grand-chose de la culture de ses grands-parents, restés au pays. Elle ne leur a pas rendu visite très souvent et à vrai dire, ne s'est jamais vraiment intéressée à l'Inde jusqu'ici. Plutôt par curiosité et un peu par désir de renouer avec ses ancêtres, elle s'est récemment mise au yoga, discipline qu'elle trouve difficile. Édouard, le jeune homme discret qui dépasse de son tapis, semble très heureux de retrouver Jordan et le lui signifie timidement. Celui-ci ignore sciemment ses tentatives, ou alors est-il encore perturbé par leur virée. Céline opte pour la première option. L'image de l'hétéro mal à l'aise face aux approches d'autres garçons colle bien à Jordan.

Puis tous prennent congé et toujours hébétée, Céline monte dans sa chambre pour se coucher. Dans le cabinet de toilette, elle démêle ses cheveux et se remémore la scène de l'homme venu déposer son offrande à Senarpont. Elle a cru reconnaître dans le minuscule morceau de tissu sorti du sac en plastique un body pour bébé. Elle sent à nouveau le contact des mains calleuses sur son corps et frissonne. Puis elle se brosse les dents et projette à nouveau des gouttelettes de dentifrice sur son miroir. Elle observe le motif chaotique formé par les petites taches blanches. Chaotique comme l'enchevêtrement de vêtements à Senarpont.

Bien loin de l'ordre minutieux avec lequel a été suspendue la tenue de la petite fille du bois.

— 9 —

Cinquième jour. La peau de son crâne se resserre, son cœur s'emballe. Elle sent la sueur envahir ses aisselles, sa colonne vertébrale se tend. Elle a tiré la couverture sous son nez et se tient assise, le dos droit contre les oreillers. Elle n'a pas la notion du temps ; dehors, il fait nuit. Elle ose sortir la main de sous l'édredon protecteur et attrape son téléphone, posé sur la table de nuit. Il est trois heures du matin.

À nouveau, Céline a été tirée du sommeil par un bruit sourd dans le couloir. Elle écoute l'objet rouler au sol, devant sa porte. Elle voudrait prévenir Sarah et Jordan, mais eux n'entendent jamais rien, la nuit. Vont-ils la prendre pour une folle ? Et puis ils dorment, ils ne verront probablement son message que le lendemain. Alors que toute son attention est concentrée sur la trajectoire de l'objet, une partie de son esprit s'envole vers le rez-de-chaussée, dans la salle à manger. Au-dessus de la cheminée, elle est certaine que le portrait du duc lui adresse un sourire sardonique. Elle sait sa pensée irrationnelle, mais sa raison est remisée dans un tout petit coin de son esprit, envahi par ailleurs d'une superstition nouvelle. Elle se met à prier pour qu'une protection lui soit accordée. Se matérialise alors devant ses yeux le portrait de Marie, l'infortunée femme du duc. Céline, qui n'a jamais été très sensible aux portraits d'époque, est pour la première fois touchée par le souvenir du tableau. Le regard doux de la duchesse, son sourire modeste l'apaisent un peu. Exposée juste à côté de son mari, liée dans l'éternité à son bourreau, le visage de Marie n'est pourtant que bonté, elle ne se laisse pas entacher par la noirceur du duc.

Pour la première fois, Céline ne voit plus Marie comme une simple victime. Tout à coup, elle la trouve courageuse, vaillante. La duchesse se défend comme elle peut, mais elle tient bon, le duc ne peut pas la salir si elle décide elle-même de rester pure. Ragaillardie, Céline ose pousser la couche épaisse de couvertures protectrices. Seuls ses tibias et ses pieds sont encore couverts. Elle ignore le froid et ouvre grand ses oreilles, en alerte. Le bruit est toujours présent mais s'est éloigné. C'est le moment ou jamais. Elle sort du lit, pose les pieds à terre et se met debout. Lentement, elle s'approche de la porte. Le plancher craque, et elle essaie d'avoir le pas léger. Elle est si proche du couloir que son cœur a pris un rythme de tambour chamanique. Le soulagement soudain apporté par le souvenir du portrait de Marie a été de courte durée. Elle essaie d'ignorer son angoisse et tend la main vers la clef. Elle déverrouille la porte en silence et l'ouvre.

Le bruit a cessé.

Elle n'en est pas sûre, tant son corps lui-même s'adonne à un vacarme interne, mais le bruit semble bel et bien avoir cessé. Elle sort alors de sa réserve et ouvre la porte en grand, comme pour surprendre un attaquant de l'ombre, mais rien ne se passe. Elle est toujours terrifiée, pourtant une partie de son esprit ironise.

Évidemment, au moment où elle se décide à enquêter, tout s'arrête ! Quel pleutre, ce duc, finalement ! La peur et la colère se mêlent en elle et lui donnent le courage ou l'insanité de se lancer dans le couloir. Pieds nus, elle marche vers l'escalier. La dernière fois qu'elle a entendu l'impact, il provenait de cette direction. Elle avance, doucement. Céline compte les consoles : une, deux… Elle se trouve au niveau du voilier. Ses yeux s'habituent lentement au noir, en face d'elle, la cage d'escalier apparaît comme un gouffre ténébreux. Soudain, son pied touche quelque chose. Elle ne peut réprimer un cri. Elle recule vivement les orteils et se met à trembler. Elle prend une grande inspiration et trouve le courage de se pencher.

Là, au sol, repose l'œuf en bois peint, repéré le premier jour sur une des consoles.

— Il était là, en plein milieu du couloir ! Alors qu'à notre arrivée au château, lorsque j'ai pris possession de mes quartiers, il était bien posé sur la console !

Céline se tourne vers Sarah dans l'espoir de trouver une réponse. L'explication semble plutôt irrationnelle, surnaturelle, et forte de ses canaux de communication avec l'Univers, la cartomancienne sera peut-être à même de la guider. Pourtant, c'est Jordan qui prend la parole.

— Peut-être un simple phénomène de Jott. Un classique de lieu historique. Ou hanté.

Céline le presse de s'expliquer.

— Il s'agit d'un acronyme : *Just one of those things*. C'est une façon de nommer ces petits phénomènes du quotidien qui surprennent mais ne trouvent pas d'explication rationnelle, une montre déposée comme tous les soirs sur la table de nuit qui disparaît et réapparaît dans le salon, par exemple…

Céline inspire profondément.

— L'œuf n'aurait donc pas été jeté à terre par l'un des membres du groupe.

— Je vois mal l'un de nous se réveiller en pleine nuit pour jouer au foot devant ta porte !

Céline n'est pas capable de reprendre la parole immédiatement. Puis elle interroge à nouveau Jordan.

— Tu me crois quand je te dis que j'ai entendu des bruits dans le couloir ?

Jordan hausse les épaules. Bien sûr ! Pourquoi mentirait-elle ? Il ajoute que l'œuf est probablement tombé de la console et a roulé au sol avec le concours d'un esprit. Cela s'est déjà vu.

Sans s'en apercevoir, elle s'arrête. Elle n'avait pas envisagé que le soutien viendrait de Jordan et qu'il énoncerait avec autant de naturel la théorie qu'elle n'osait pas formuler elle-même une fois le jour revenu. Les autres la pressent gentiment d'avancer, et elle repart. Ils venaient de terminer le déjeuner et elle avait enfin trouvé un moment calme pour leur raconter sa frayeur de la nuit. Ils s'apprêtent maintenant à entamer l'activité de l'après-midi. Au grand soulagement de Céline, celle-ci se déroulera dans la bibliothèque, Anne n'ayant pas encore eu le temps de débarrasser la salle à manger. Sous le portrait de Marie, duchesse du château et sauveuse nocturne, elle se sent en sécurité. Ils prennent place sur les canapés et attendent l'arrivée de l'intervenante. Anne installe déjà un thermos et des tasses en porcelaine dépareillées. Céline sent le parfum apaisant et désormais familier de la tisane se propager dans la pièce. Sur le canapé ancien et étroit, les cuisses de Céline sont collées aux jambes musclées de Jordan. Elle ne peut s'empêcher d'avoir honte d'imposer son corps un peu mou à tant de fermeté, puis elle décide qu'elle pourrait aussi bien voir la situation autrement. Jordan est peut-être content de sentir ses cuisses contre lui, peut-être cela le laisse-t-il indifférent ? Leurs corps sont déjà très proches, pourtant elle se penche encore plus vers lui afin que personne ne les entende, même pas Sarah. Plus tôt, la cartomancienne s'est fermée à l'évocation d'un esprit hantant le château. Elle ne nie pas l'existence potentielle d'entités ou de fantômes mais est persuadée qu'ils doivent être laissés tranquilles. Elle préfère même ne pas y penser, de peur qu'un esprit néfaste s'attache à elle. Céline est maintenant tout près de l'oreille de Jordan et lui murmure :

— Tu as l'air de t'y connaître en lieux hantés...

Sur un ton très enthousiaste et peu discret, Jordan s'empresse de répondre :

— Juste les principes de base ! J'ai un ami qui fait de l'exploration, il me raconte ses aventures, j'en ai retenu quelques trucs.

— De l'exploration ?

— Des visites de lieux abandonnés et réputés pour être hantés, si tu veux. Tu n'en as jamais entendu parler ?

Et alors que Céline lui adresse un regard ahuri, Jordan sort son téléphone et lui montre une vidéo.

Elle est abasourdie. Il y a donc, en France, à notre époque, de vrais traqueurs de fantômes. Des gens qui sillonnent le pays, se faufilent dans des châteaux, maisons, hôpitaux abandonnés et y passent la nuit en quête de contact avec l'au-delà. Ce qu'elle voit à l'écran est loin d'un film parodique. Les enquêteurs du paranormal suivent un protocole presque scientifique, à l'aide de matériel high-tech et coûteux comprenant une caméra infrarouge, car les enquêtes sont menées la nuit. Jordan précise que visiblement, c'est en général vers trois heures du matin que débutent les manifestations ou phénomènes inexpliqués. Céline opine du chef, elle l'a appris à ses dépens. Lors de leur exploration, les chasseurs de fantômes restent très sérieux et tentent d'interagir par différents moyens avec de potentielles entités. Tout d'abord, ils se présentent simplement à haute voix et assurent être venus en paix, sans aucune intention de faire le mal. Leurs voix résonnent dans les pièces inoccupées depuis longtemps, et leur démarche paraît absurde à Céline. Pensent-ils réellement s'adresser à quelqu'un ? N'a-t-on pas idée de décliner son identité à un fantôme ! Puis elle se souvient de son expérience nocturne et de sa conviction d'être défiée par le duc du château lui-même, mort depuis des siècles. Elle juge alors moins sévèrement le comportement des investigateurs. Grâce à des baguettes de sourcier ou une planche de ouija, ils posent aux entités des questions précises. Lorsqu'une réponse est obtenue, Céline doute tout de même fortement que l'esprit d'un mort soit à l'œuvre. Ce qui lui met la puce à l'oreille, en plus de l'improbabilité de l'événement, ce sont les questions posées. Elles lui paraissent déjà orientées, pleines d'idées préconçues des chasseurs de fantômes impressionnés par le lieu visité et prompts à imaginer le pire. Une tache sur un tapis est forcément interprétée comme une tache de sang et la preuve d'un meurtre sinistre. Céline aimerait continuer à regarder la vidéo, notamment la séance de ouija, mais l'intervenante s'installe devant eux et Jordan range son téléphone dans une poche de son pantalon.

Elle attend que le silence s'installe pour se présenter. Monique est une femme d'une cinquantaine d'années. Elle a des cheveux très bruns, qu'elle porte courts. Elle n'est pas grande, Céline et elle doivent faire la même taille, environ un mètre soixante-cinq, mais elle est bien plus gracile, moins plantureuse. Monique s'exprime d'une voix presque masculine, avec une rudesse qu'elle a certainement cultivée pour s'aligner avec son organe vocal viril. Elle introduit son sujet : elle est spécialiste (probablement autodidacte, car elle ne mentionne aucun diplôme) en psychogénéalogie, une théorie selon laquelle nos ascendants, une fois morts, continuent d'avoir une influence sur notre propre vie. En général, on leur doit nos névroses, nos blocages, nos maladies, nos traumatismes, mais parfois aussi nos succès et nos bonheurs. Monique s'intéresse particulièrement aux prénoms. Pour elle, il n'y a pas de hasard dans le choix d'un prénom, et rien qu'avec cette information, elle pourrait remonter une lignée entière et en déduire les événements principaux qui ont marqué une famille. Bien sûr, ici sur Terre, nous avons l'impression que notre prénom nous a été attribué par nos parents ou par une tierce personne. Pourtant, nos parents n'ont rien à voir avec ce choix. Même s'ils sont persuadés d'en être consciemment à l'origine, inconsciemment, c'est nous qui leur en avons soufflé l'idée. Avant notre incarnation sur Terre, nous connaissons déjà notre avenir, nous avons conscience de tout ce que nous allons traverser, et choisissons notre prénom en fonction de notre chemin de vie. Et celui-ci n'est pas non plus un hasard, il est directement écrit en lien avec nos ancêtres, et surtout avec celui ayant vécu un siècle avant nous.

Le public de Monique est, dans l'ensemble, ouvert à la notion de réincarnation et de vie avant la vie, mais reste médusé à l'évocation de cet ancêtre fondateur. Face à leur incompréhension, l'intervenante les malmène légèrement. « Vous avez l'air de nager dans la semoule ! » leur lance-t-elle de sa voix sévère. Un exemple s'impose. Elle se tourne vers Pascal et lui demande son prénom avec autorité.

— Bien, Pascal, admettons qu'il y a un siècle, votre ancêtre ait été tué. Avant de vous incarner sur Terre, et pour soigner les blessures de votre lignée, vous avez accepté de venir parmi nous en meurtrier. Pour contrebalancer les énergies de victime qui colorent la famille depuis le crime, vous incarnez l'énergie du bourreau.

Pascal, la bonne pâte du groupe, est d'habitude de bonne volonté, mais s'imaginer en criminel relève de la torture, c'est plus qu'il ne peut endurer, et il rouspète. L'effet volontairement provocateur de Monique est réussi et, d'un sourire satisfait, elle apaise sa brebis. Bien sûr, elle ne l'accuse de rien, son exemple avait uniquement pour but de leur apporter de la clarté.

Ainsi, nos prénoms seraient une façon de nous rappeler la dette de nos ancêtres, celle à payer dans notre incarnation afin de terminer ce qui est resté inachevé, parfois depuis plusieurs générations. Il est donc primordial d'accepter nos prénoms et d'éviter les surnoms. Si nous n'aimons pas notre prénom, cela signifie que nous rejetons notre destinée, à laquelle nous avons pourtant donné notre accord avant de venir au monde. Pire encore, le choix d'un pseudonyme ne nous permet pas d'accomplir pleinement notre mission de vie. Ce masque d'anonymat empêche notre dette générationnelle karmique d'être payée.

Céline se passionne pour l'approche de Monique mais se sent submergée. Ainsi, non seulement elle est à la barre de son propre destin, mais elle porte également les fautes et les chagrins de ses ancêtres. La responsabilité lui semble colossale et démesurée. Elle se plaît tout de même à se plonger dans les explications de Monique, à découvrir que sous les Carolina et les Alexandra, la mère de Maya, se cachent peut-être les cendres métaphoriques d'un premier enfant mort. Elle a hâte de confier à son père Christian sa mission de vie. Tout comme les Noé, Noa et Christiane, il porte le complexe du sauveur. Il est donc primordial qu'il apprenne d'abord à s'occuper de lui avant de pouvoir assister les autres. Les prénoms contenant deux fois la lettre *l* permettent à leur porteur de prendre leur envol et de libérer la lignée d'un passé d'asservissement. Grâce aux explications de Monique, Céline perçoit à quel point l'humanité est connectée sur un plan invisible. La mode des prénoms anciens n'est pas superficielle et a bien une fonction transgénérationnelle. Ainsi, les petits Gaspard viennent nettoyer les poumons de la Première Guerre mondiale et exorciser les défunts tombés à cause des gaz mortels utilisés lors du conflit.

Pourtant, Céline se sent à plusieurs reprises mal à l'aise devant le discours de Monique. Elle n'apprécie pas sa façon de faire. L'intervenante demande à chacun d'énoncer son prénom et se lance dans une analyse généalogique de sa signification. Elle émet des hypothèses, qu'elle pose sous forme de questions directes, et lorsque la réponse est négative, elle prétend qu'elle n'en est pas surprise.

— Quel est ton prénom ?

— Naina.

— Tu es l'aînée ?

— Non, la troisième.

— Oui, bien sûr.

Monique accorde beaucoup d'importance à ce qu'elle raconte et n'aime pas être contredite. Céline a l'impression qu'elle s'est trop gorgée du petit pouvoir que lui apporte sa fonction. À force d'être confrontée à une audience suspendue à ses lèvres, attendant avec impatience de recevoir sa petite interprétation personnelle, elle s'est forgé un ego qu'elle ne cache plus. Mais ce n'est pas dans l'analyse individuelle qu'elle brille. Son discours d'introduction, lui, était bien rodé. Ses effets pour tenir le public en haleine, bien que parfois cruels – Pascal en a fait les frais –, fonctionnaient. À présent, en revanche, elle se perd en circonvolutions, Céline pourrait presque visualiser l'amas d'informations qui submerge Monique à l'évocation d'un prénom. L'intervenante sait beaucoup de choses, ce qu'elle aime faire remarquer d'ailleurs, mais n'arrive pas à les énoncer de façon organisée. Ainsi, Céline apprend que le dernier son de son prénom, *ine*, renvoie à des secrets. Elle est porteuse des non-dits de sa lignée, et certainement la confidente privilégiée de son entourage. Son père Christian aurait une ancêtre Catherine et quelques liens avec les Cathares. Céline est noyée sous l'analyse et, au lieu d'en sortir satisfaite, ne ressent qu'hébétude et confusion. Les contradictions de l'intervention de Monique la frappent. Si l'on voyait le jour, c'était pour rééquilibrer les énergies de sa lignée, c'est-à-dire payer les dettes de ses ancêtres, qu'ils aient été victimes ou bourreaux. Céline voulait bien considérer la théorie. Mais alors, si l'on remontait la branche, si l'on arrivait à l'ancêtre originel, l'ancêtre commun, dans quel but s'était-il incarné, lui, s'il n'avait aucun ascendant dont il fallait payer le tribut ? La théorie de Monique était séduisante mais ne faisait que déplacer la question principale : qu'était donc venu faire sur Terre ce foutu premier homme ? À moins que le temps ne soit pas linéaire. Dans ce cas, le passé, le présent et le futur se chevaucheraient, se croiseraient. L'ancêtre de Céline, née il y a cent ans et qui lui a valu un prénom se terminant en *ine* pour qu'elle porte mieux son secret, est peut-être à la fois une ascendante et une descendante…

La conclusion de Monique n'éclaire pas plus Céline : ils doivent tous élever leur niveau de conscience. À nouveau, on penche pour la théorie selon laquelle il incombe à l'Homme de s'améliorer, de grandir, de devenir meilleur, de repousser ses parts d'ombre. Céline est perdue : n'est-ce pas l'inverse que le premier intervenant avait prôné ? Il faudra qu'elle demande à Sarah, elle a fait dédicacer son livre, elle doit avoir un souvenir plus précis du discours de Serge.

Élever son niveau de conscience, qu'est-ce que cela peut bien vouloir dire déjà ? Et cette quasi-obligation de le faire, cela agace Céline. Monique n'a-t-elle d'ailleurs pas démontré l'inverse avec l'exemple de Pascal ? Si le pauvre homme, avant de venir sur Terre, avait accepté de vivre une vie de tueur pour rétablir l'équilibre dans sa lignée, se devait-il aussi de s'élever ? Pouvait-on à la fois vivre en salaud, pour le bien de ses ancêtres, et travailler sur soi ? Maintenant amusée, elle regarde Pascal et l'imagine en tueur. S'il y a bien un homme qui n'éveillerait jamais les soupçons de la police, c'était lui ! De quel crime serait-il capable ? En venir aux mains avec un membre d'une AMAP pour avoir introduit dans le panier hebdomadaire un légume qui ne soit pas de saison, peut-être… L'évocation d'un potentiel crime donne un nouveau tournant aux pensées de Céline. Tout à coup, elle se fige, plus du tout amusée. L'arbre du jardinier lui apparaît. Le casque de vélo rose semble saigner sur cette photographie désolée. Son esprit toujours tourné vers le bois, elle a raté la fin de la conférence et attrape machinalement la tasse de tisane qu'Anne lui tend. Elle se force à chasser ses pensées et se détend face au sourire de la maîtresse de maison. Derrière l'épaule de la châtelaine, elle croise le regard de Marie, première duchesse ; elle aussi lui sourit. Entourée de ces femmes à la douce puissance, elle est en sécurité.

Pour combien de temps ?

— Alors, vous en avez pensé quoi ? C'était super, non ?

Sarah est enthousiaste. Évidemment, Jordan, quant à lui, joue les blasés, il a déjà lu des ouvrages de psychogénéalogie et est familier des concepts énoncés plus tôt. Il reconnaît tout de même que l'intervention de Monique était de qualité.

Céline en profite pour partager ses doutes. Une chose la gêne, avec tous ces intervenants.

— Ceux que l'on rencontre au stage ?

Céline acquiesce et précise que c'est aussi un trait rencontré ailleurs. Tous ces prédicateurs du monde spirituel, les spécialistes de la loi de l'attraction, de la médiumnité, des prénoms transgénérationnels… partagent une idée commune, celle de la paix spirituelle, de l'éveil des consciences, de la réalisation de son chemin de vie, bref, ils prônent l'amour. Ça ne colle pas avec certaines personnalités antipathiques, presque égocentriques.

Sarah est d'accord. L'humilité est souvent une vertu que l'on oublie de cultiver. Beaucoup justifient un caractère de cochon en prétextant accepter leur part d'ombre, et ça la met en rage. Elle s'emballe et Céline n'avait pas anticipé une réaction si intense. Pour détourner l'attention, elle demande :

— Tu as la clef ?

Ils se trouvent tous trois devant la porte ancienne et s'apprêtent une nouvelle fois à entamer leur prétendue marche méditative dans le bois. Après l'intervention de Monique, la majorité du groupe s'est attardée dans la salle à manger, autour de l'immense cheminée. Céline, elle, s'est dirigée vers l'entrée et a enfilé son manteau. Ses camarades l'ont suivie et, devant leur air interrogatif, elle a expliqué qu'elle souhaitait jeter un œil à l'arbre avant le dîner. Sarah et Jordan ont alors passé leur veste et déclaré qu'ils ne la laisseraient pas s'y aventurer seule. La porte est ouverte devant eux, ils la franchissent et continuent de discuter, peut-être pour garder à distance le plus longtemps possible l'arbre maudit. Sarah déclare :

— Tu vois Céline, ce que je conclus de mon expérience, c'est que l'atteinte de l'éveil, par exemple, ne se couple pas automatiquement avec une bonté infinie. Regarde tous ces gourous qui prêchent la bonne parole et qui, finalement, abusent leurs disciples. Je pense que certains ont réellement des dons spirituels, mais cela ne les empêche pas d'utiliser leur pouvoir pour commettre des abus sexuels, par exemple. Je vois plutôt les dons comme un sixième sens. Tu peux avoir une excellente vue, bien au-delà des standards ! Pourtant, ce n'est pas pour cela que tu vas forcément mettre ta vue exceptionnelle au profit des autres. Et pire, ce n'est pas parce que la nature t'a dotée de dons que tu vas vivre comme un saint, sans blesser personne. Il en va de même pour les autres dispositions.

— Donc, on peut à la fois avoir vu le Grand Tout et rester un sacré pervers... C'est réjouissant !

Leurs rires durent plus longtemps que nécessaire, signe que la nervosité gagne le groupe.

Céline aperçoit le pont devant elle et se glace. Ses jambes mollissent, alors pour mieux sentir la présence des autres à ses côtés, elle enchaîne. Elle ne veut pas que la conversation s'arrête, elle préfère discourir sur la faiblesse humaine plutôt que d'y faire face.

— Cette injonction à s'améliorer et à s'élever, à travailler sur soi, comme on dit, c'est placer la responsabilité sur les individus plutôt que sur la société. Si cela ne va pas au boulot ou dans le couple, c'est parce que votre personnalité n'est pas encore aboutie, cela n'aurait rien à voir avec la violence d'une société capitaliste ou patriarcale. Avec la mode des mouvements spirituels vient l'ère du progrès individuel plutôt que de l'organisation collective.

Au grand dam de Céline, si Sarah et Jordan ont quelque chose à répondre, ils n'en font rien. Ils sont enfin arrivés à destination. Autour de l'arbre, ils gardent le silence, peut-être par peur d'invoquer le démon qui l'habite. Le nez en l'air, ils mènent silencieusement l'inventaire de la tenue de la petite fille inconnue : les collants de laine grise, la robe dorénavant sale et sans forme, le gilet bleu marine. Le casque rose est évidemment immanquable, pièce centrale qui semble relier chaque morceau de la composition par un fil d'araignée invisible. L'effet de l'installation est toujours aussi saisissant, peut-être encore plus funeste maintenant qu'elle a été exposée aux éléments et au temps d'automne. Les trois camarades s'octroient malgré tout un soupir de soulagement devant le spectacle connu : la surprise horrifique de la découverte leur est épargnée, car aucun autre vêtement ou accessoire n'est venu renforcer le pouvoir de l'arbre. La partie serait-elle terminée ?

Céline est plus que jamais reconnaissante envers ses amis. Elle les a toujours soupçonnés de s'intéresser au marronnier plus par intérêt pour le mystère que par réel sentiment de danger. Un peu comme lorsque enfant, on se raconte des histoires d'horreur pour occuper les longues journées de vacances d'été. Pourtant, leur réaction aujourd'hui lui montre qu'elle n'est pas la seule à être impressionnée par l'atmosphère dégagée par l'arbre. Elle n'est donc pas complètement folle. Céline regarde les vêtements pendre dans les branches, elle sent presque l'effroi la quitter, remplacé par une compassion nouvelle délivrée au goutte-à-goutte, une légère pitié pour cet arrangement grotesque et défraîchi.

Puis elle baisse le regard et l'aperçoit. Au pied de l'arbre, une petite paire de chaussures a été déposée.

Elle ne dit rien, reste immobile. Pour le moment, elle note seulement avec ses sens la présence de l'ajout, détaille l'objet. Elle observe les deux petites chaussures bien serrées côte à côte, pied gauche, pied droit. Elles sont en cuir, également de couleur bleu marine. Elle est certaine d'avoir porté le même modèle, enfant. Elle se souvient que la semelle de gomme fauve est épaisse et assure un bon équilibre. La boucle, quant à elle, permet une fermeture facile à l'âge où nouer ses lacets est encore une plaie. Sur le bout, le cuir est piqué de minuscules trous qui forment une fleur spiralée. Chez Céline, il s'agissait du modèle de prédilection pour accompagner les tenues de petite fille sage, la paire que ses parents conservaient dans la boîte en carton d'origine et sortaient pour les grandes occasions. Ici, le cuir est usé, la lanière de la boucle est légèrement déformée. Chaussures de tous les jours pour une fillette au style très classique. Céline prend une inspiration sonore, comme pour absorber l'arrivée de ce nouvel élément en elle. Elle sent la vague de malaise approcher, mais pour le moment, elle est encore loin, comme si elle n'avait pas encore passé le pont. Le front toujours baissé vers le pied de l'arbre, elle sourit presque, elle a envie de remuer les lèvres pour dire bienvenue, pour affirmer qu'en fin de compte, elle s'y attendait, qu'après tout elle était venue pour cela, découvrir la nouvelle offrande.

Elle perçoit vaguement Sarah s'approcher d'elle, lui poser la main sur l'épaule. Une seconde plus tard, la cartomancienne pousse un cri. Une corneille s'envole. Alors, c'est comme si un barrage sautait. La vague d'effroi redouble de vitesse et fonce sur Céline, elle traverse le pont en un instant et la saisit. Le froid la pénètre, elle sent la main moite de Sarah se placer dans la sienne. Sans qu'elle se rappelle avoir commandé à son corps de bouger, elle se retrouve à courir aux côtés de son amie. Elle entend les pas de Jordan derrière elles. Vite, ils rebroussent chemin. Vite, ils atteignent le mur d'enceinte du château. Vite, ils ferment la porte derrière eux. Enfin, ils reprennent leur souffle.

Jordan, peut-être en tant que seul représentant du genre masculin, se sent dans l'obligation d'être le premier à retrouver la parole et lance à Sarah :

— Pourquoi tu as crié ?

— Je ne sais pas, c'est sorti tout seul ! On pensait qu'il n'y avait rien de plus, non ? Et soudain, je vois Céline figée sur place, le corps raide comme un piquet, le nez à terre, qui n'entend même pas que je l'appelle ! Je me suis fait des films, j'ai cru qu'elle était tombée sur quelque chose d'horrible !

— Et donc, en voyant les chaussures, tu as crié ?

— Ça aurait pu être un hérisson très mignon, j'aurais crié quand même ! Je m'étais préparée au pire, je te dis, un truc putride !

Protégée par le mur d'enceinte du parc, Sarah rit de sa propre réaction, comme si la tension avait quitté son corps à grande vitesse. Elle ne semble pas du genre à s'attarder sur ses émotions. En général, une fois le sentiment vécu, une fois sa pensée extériorisée, Sarah poursuit le cours de sa vie. Mais tout de même, son attitude sidère Céline. Sarah attrape Jordan par le bras et les entraîne vers le château. Elle les presse de rentrer, n'ont-ils pas faim ? Atterrée, Céline constate que la cartomancienne a sans conteste d'autres préoccupations en tête. Ce n'est pas son cas. En chemin, Céline jette un regard vers la dépendance invisible où, en cette fin de journée, Brice doit nettoyer ses outils ou prendre soin de ses semis. Son corps se contracte à la pensée du jardinier. Dire qu'il l'a attirée ! Elle repense à son regard fuyant quand elle l'a confronté. Voir les chaussures de petites filles déposées au pied du marronnier lui a fait peur, oui.

Mais elle est prête à se battre.

Après le dîner, au cours duquel Sarah est particulièrement sonore, Céline attire l'attention de Jordan. La manœuvre n'est pas difficile, Sarah ayant décidé d'offrir à tous un tirage sentimental avec ses cartes. Véronique semble très intéressée, Mathilde fait mine de faire une fleur à Sarah en acceptant, et Édouard évite Jordan en rougissant. Céline a posé un regard attendri sur sa nouvelle amie. Elle comprend la réaction de Sarah. Elle voit bien, derrière la crise d'exubérance de la cartomancienne, un moyen de conjurer sa frayeur dans le bois. Sarah n'est pas aussi sensible que Céline à la présence de l'arbre ni à l'atmosphère du château, il faut dire que les échappées nocturnes de l'œuf peint n'ont pas lieu devant sa porte. Mais tout de même, elle doit percevoir le noir dessein qui se trame derrière l'œuvre du bois. Qui d'autre qu'un esprit corrompu pendrait les vêtements d'une petite fille dans un arbre ? Sarah a bien raison d'éliminer la contamination à coups de rires forts et de blagues faciles. Céline aurait aimé se détacher de l'aura de l'arbre avec autant de facilité. Hélas, elle n'a d'autre choix que de se battre pour s'en défaire, et a entraîné Jordan dans son plan.

Jordan isolé, Céline s'ouvre à lui. D'abord parce qu'elle a un service à lui demander, mais aussi car le professeur de yoga a l'avantage d'être autocentré et légèrement méprisant, donc légèrement méprisable. Ainsi, Céline n'a aucun mal à lui exposer ses plus grandes fêlures, elle sait que son jugement ne l'atteindra pas.

Elle commence par résumer la situation. La façon dont sont agencés les différents éléments de la tenue de la petite fille répond à une logique, inconnue pour le moment, mais à un ordre certain. Elle lui fait part de la certitude qui l'a frappée lorsqu'elle s'est brossé les dents au retour de leur excursion : l'ensemble n'a rien à voir avec ce qu'ils ont vu à Senarpont. Là-bas, le désespoir prévaut, on tient avant tout à y ajouter ses frusques, et au diable l'harmonie. Dans le bois, au contraire, c'est comme si quelque chose d'organisé enflait, quelque chose de grave. L'arbre du château n'est donc pas un arbre à loques, Brice a autre chose en tête.

Céline expose la suite de sa théorie, un peu moins assurée. D'après la réaction de Brice, quelques jours plus tôt, à l'évocation de l'arbre, elle a conclu qu'il était en l'auteur de la création. Cela, elle en a déjà parlé. Il est l'auteur, oui, mais peut-être pas l'instigateur. Elle soupçonne le château d'être sous l'emprise démoniaque du duc, d'une façon inexplicable. Peut-être en a-t-il toujours été ainsi, et le pouvoir du duc s'est renforcé avec la décision d'Anne de suspendre son portrait dans la salle à manger. Elle penche pour une sorte de possession. Sous l'aura funeste du duc, le jardinier s'adonne à des rites mystérieux et dangereux. Et elle espère de tout cœur que les vêtements suspendus sont les prémices d'une montée en puissance plutôt que sa conclusion, sinon elle ne donne pas cher de la vie de la petite fille qui les a un jour portés… Il faut arrêter Brice à tout prix. Et pour cela, il faut entrer en contact avec l'esprit du duc.

Céline termine son exposé, le souffle court, moins rassurée qu'elle ne veut l'admettre par la réaction de Jordan. Il l'a écoutée avec attention, sans l'interrompre et sans ramener la conversation à lui, loin de son personnage habituel. Elle se demande si c'est de bon augure. Pourtant, Jordan révèle des qualités insoupçonnées et comble les blancs lui-même. Ainsi, Céline a besoin du matériel de son ami chasseur de fantômes pour entrer en communication avec l'esprit du duc ? Pas de problème, Jordan l'accompagnera dans l'aventure.

Concentrée, déterminée, Céline hoche la tête et ajoute qu'avant tout, il leur faut mieux connaître leur adversaire.

Ils se tournent alors vers Anne pour l'interroger et elle se prête à l'exercice de bonne grâce, toujours soucieuse de répondre aux demandes de ses pensionnaires.

— Anne, pourriez-vous nous en dire plus sur les anciens occupants du château, sur le duc et la duchesse en particulier ?

— Peut-être avez-vous eu l'occasion d'étudier des archives ou eu connaissance de détails sur leur vie ? Et leur mort également ?

— Je crains de vous avoir déjà raconté le plus croustillant lors de la visite ! La construction de la tour, à des fins astronomiques ou libidineuses, la fausse rumeur à propos du trésor des Templiers prétendument enterré quelque part au château, le séjour hypothétique de la confidente de Marie-Antoinette… Je subodore que le reste relève du banal ou n'a pas traversé les âges.

— Mais sur le duc, Anne, l'homme à l'origine même du château, vous n'avez pas plus d'informations ? Vous nous avez dit que c'était un tyran en ménage, c'est ça ?

— Pas qu'en ménage. Il n'était pas apprécié des villageois, pingre, probablement sujet à la violence. Il aurait eu un contentieux avec un marchand qui se serait mal terminé. Mais les archives sont peu nombreuses, hélas, je ne connais pas les détails du conflit.

— Et c'est vraiment tout ce que l'on sait sur lui ?

Anne confirme. Ce n'est pas un personnage qui donne envie de se pencher sur ses exploits. Sa femme Marie serait morte de chagrin.

— Parce qu'il la battait ?

— De cela, je n'ai pas de preuve, mais vu le bonhomme ce ne serait pas étonnant, n'est-ce pas ? On le disait aussi terrible avec le personnel de maison, en particulier avec les jeunes femmes. Enfin, je vous épargne les détails, je vous laisse imaginer, à cette époque en plus… D'ailleurs, une hypothèse suggère que sa dispute avec le marchand ne serait pas d'ordre pécuniaire mais impliquerait la fille dudit marchand, si vous voyez ce que je veux dire…

Anne ne pouvait rien ajouter sur le règne du duc. Marie était morte jeune, sans enfant, et la lignée officielle s'était arrêtée là, laissant certainement de nombreux bâtards chez les domestiques.

Les dernières tasses de tisane avalées, tous montent se coucher. Céline passe devant l'œuf peint et lui jette un regard noir. Sur la console, à l'endroit exact où elle l'a placé cette nuit, il la nargue. Elle laisse les autres la dépasser, fait mine de s'intéresser aux gravures accrochées au mur. Une fois que tous lui tournent le dos, elle attrape l'œuf, ouvre une bonbonnière en cristal bleu et le place en son centre. Puis elle repose rageusement le couvercle, manque d'abîmer le précieux matériau, elle d'ordinaire si respectueuse des objets. Satisfaite, elle se presse vers Jordan et le retient par le bras. Elle l'oblige à ralentir l'allure et souhaite une bonne nuit à Sarah, feignant un bâillement. Une fois qu'ils sont seuls dans le couloir, elle se tourne vers son nouvel allié.

— C'est bon, tu as eu ton pote ?

— Oui, c'était moins une, il se préparait à rejoindre les catacombes, il fait des visites guidées la nuit.

— Il pourra nous déposer le matériel demain ?

— Il n'était pas chaud, voyager aussi loin… Ça fait long, quoi, surtout pour une exploration à laquelle il n'a même pas le droit de participer !

— Mais ce n'est pas un lieu abandonné, ici, il va falloir être discret ! Et puis je ne vais tout de même pas faire pénétrer un inconnu dans le château d'Anne ! Bon, tant pis, peut-on faire sans équipement ?

— Attends, je n'ai pas dit que c'était perdu, j'ai juste précisé que ça ne l'arrangeait pas. Il accepte de nous rejoindre à mi-parcours, en gare de Pontoise. Son train arrive à dix-huit heures sept, il va falloir empiéter sur l'activité de l'après-midi pour y arriver à temps…

Céline réfléchit.

— On a quoi, demain ?

— Yoga. Avec Sophie.

— Parfait, j'inventerai un truc pour ne pas assister à la séance. On se rejoindra au dîner. Ensuite, on fera comme d'habitude, on prétendra aller se coucher comme tout le monde, et on se retrouvera dans le couloir à minuit.

Jordan acquiesce. Il lui donne le numéro de son ami pour que Céline le retrouve facilement à la gare le lendemain. Il lui souhaite bonne nuit à son tour et lui adresse un clin d'œil en partant. Céline est choquée par la légèreté avec laquelle il prend l'affaire, comme si leur secret relevait d'une bonne histoire, un simple divertissement. Elle a le ventre rongé par l'acide mais se sent déterminée. Il est temps que quelqu'un s'oppose au duc qui, par l'entremise de Brice, va devoir répondre de ses actes.

Ou est-ce la folie pure qui la guette ?

— 10 —

Céline remonte la route depuis la gare. Elle avance, les épaules rentrées, le col de sa veste remonté, elle a le vent de face. Ses pieds glissent sur des feuilles humides. Elle n'entend que les bourrasques dans les arbres. Son arrivée au village, il y a six jours, lui paraît si lointaine. Elle en vient à presque regretter la conversation incessante de Jordan qui l'avait accompagnée. Seule à l'orée du village, on pourrait l'attaquer, personne ne l'entendrait crier. Elle pénètre dans le bourg et passe devant le bar PMU, cette fois-ci ouvert. Grâce à sa large vitre, la lumière est visible depuis la rue. En cette soirée automnale, l'établissement, modeste et rudimentaire, lui apparaît douillet et accueillant. Elle distingue quelques têtes penchées sur des verres. Ce témoignage de vie rompt l'atmosphère sinistre du village endormi et elle s'imagine un instant s'accouder au bar, commander une bière et se joindre à la conversation. Elle sait bien que ce n'est que fantasme. Aussitôt le seuil passé, deux lourdes charges seraient retenues contre elle, celle d'être étrangère au village et bien sûr celle d'être une femme. Elle s'interroge toujours sur la gravité d'une tare par rapport à l'autre lorsqu'elle arrive au niveau du cimetière. Elle a encore un peu de temps avant le dîner et elle n'est pas pressée de retrouver le château, la nuit promet d'être longue et agitée. Alors elle pousse la grille et s'enfonce dans le cimetière. Entre les tombes, elle n'est pas complètement à son aise mais n'a pas peur. Elle a toujours aimé déambuler dans les allées, il y a quelque chose d'apaisant à voir ces vies achevées, qu'aucun tourment ne viendra plus bouleverser. Elle traverse les rangées de stèles récentes, la plupart en marbre, et arrive à la partie ancienne. Elle remonte à un temps où on voulait sans conteste reposer dans l'éternité avec dignité. On érigeait des tombeaux blancs, sculptait des anges malheureux, entourait les tombes imposantes de fer forgé. Mais le manque d'entretien, les affaissements de terrain et les chutes de pierres laissent maintenant à penser qu'ici furent enterrés les bancals et les fissurés. Elle remarque deux sépultures en tout point identiques, aux plaques devenues illisibles avec le temps. Deux amants peut-être, s'étant fait la promesse secrète d'exposer leur liaison illégitime dans la mort. Puis tout au fond, au coin de deux murs de brique, seul endroit un peu protégé du vent de la plaine, un carré de pelouse est dédié aux enfants. Le cœur de Céline se serre devant ces petites tombes, terribles par leur taille minuscule. Elle s'oblige à lire chaque nom, chaque inscription, et ressent du soulagement : il s'agit de drames anciens, sur lesquels ne coulent plus de larmes. Le chapitre était clos.

Elle termine sa route et emprunte la dernière ligne droite qui mène au château, chargée du matériel prêté par l'ami de Jordan. Plus tôt dans la journée, elle avait prétexté un mal de ventre pour sécher le cours de yoga donné par Sophie. À l'heure où tous les participants étaient dans la tour, elle s'était faufilée hors du château. Par chance, elle n'avait pas croisé Anne mais seulement le chat, en pleine promenade dans le parc. En gare de Pontoise, elle avait facilement repéré Alexandre, le chasseur de fantômes. Son corps fin atteignait presque les deux mètres et son long cou renforçait encore plus l'impression de grandeur. Ils s'étaient rendus dans l'unique boutique de la gare, où une sélection de la presse quotidienne était disposée contre le mur. Pour se réchauffer, ils avaient acheté un café sucré directement tiré d'un distributeur n'acceptant que des pièces. Accoudé à l'unique table haute de la boutique, en aluminium et dépourvue de tabouret, le chasseur de fantômes ne s'était pas fait prier pour prodiguer à Céline de nombreux conseils, heureux de partager son expérience. Pas une seule fois il n'avait remis en question sa démarche. À l'évidence, il trouvait très naturel de vouloir entrer en contact avec l'au-delà. Céline avait précisé que le château était également habité par des vivants ; par conséquent, elle souhaitait rester discrète. Il avait alors mis de côté les appareils les plus sonores. Même s'il n'était donc pas prévu qu'elle les utilise, Alexandre avait tenu à détailler chacune de leurs fonctions, notamment celle du pod, un détecteur de mouvements imbriqué dans une peluche. Cet objet se révélait utile dans une chambre d'enfant. La peluche était là pour intriguer l'esprit du jeune défunt, pour le rassurer. Céline avait eu un frisson.

Elle avait gardé une caméra infrarouge pour mieux s'orienter dans le château endormi, des baguettes de sourcier pour entamer le dialogue avec les entités présentes et un détecteur, dont l'aiguille passe du vert au rouge s'il est soumis à un changement électromagnétique. Puis Céline avait remercié le chasseur de fantômes et écourté la conversation. Elle sentait qu'il aurait aimé s'attarder, discuter de l'affaire en profondeur, mais elle avait prétexté devoir reprendre le train aussitôt et était vite repartie. L'homme avait fait le voyage spécialement pour elle depuis Paris et elle se savait ingrate, mais elle souhaitait rester vague sur ses intentions. Il était inenvisageable pour elle d'exposer sa théorie à un quasi-inconnu même si, entre tous, il était sans doute celui qui l'aurait accueillie avec le moins de jugement. Elle ne peut s'empêcher de se trouver ridicule, sans pour autant contrôler la détermination ravageuse qui la pousse à mettre son plan en branle. Son projet contient des failles, elle en a conscience. Jordan lui-même avait posé le doigt sur un problème majeur. Une fois la communication établie, que dirait-elle pour faire cesser l'horreur du bois et libérer Brice ? Elle avait botté en touche. Elle avait bluffé, assuré que l'inspiration lui viendrait certainement sur le moment. La vérité, c'était qu'elle avait passé tout le trajet du retour depuis Pontoise à chercher une solution, en vain. Sur ce constat peu rassurant et plutôt désespérant, elle retrouve les autres dans la salle à manger, après avoir discrètement déposé son sac à l'étage et adressé un hochement de tête à Jordan.

Au dîner, pour la première fois, elle délaisse son assiette. Elle a un creux dans le ventre qu'aucune nourriture ne viendrait combler. Elle angoisse à l'idée de la nuit qui l'attend. Que lui avait-il pris de se lancer dans cette extravagance ? D'abord, elle donnait un an de sa vie à un faux Suédois, menteur et manipulateur (elle aurait dû dire menteuse et manipulatrice, mais ne s'y était pas encore résolue), ensuite, elle conjurait les esprits. Son état ne s'arrangeait pas ! Elle lance un énième regard de haine au portrait du duc, responsable de ses tourments.

Elle tire son salut de la petite voix qu'elle entend tout au fond d'elle-même, celle de la raison. Cette voix, elle, sait très bien ce qui se joue ici. Elle voit le combat de Céline contre l'aura du duc pour ce qu'il est : symbolique. Céline imagine Brice sous l'emprise du duc, et peut-être essaie-t-elle de le sauver d'un mal inexistant comme elle s'était escrimée à le faire avec Sören. Avec Sören mais aussi avec Jean-Louis, pense-t-elle avant de repousser cette idée au loin. Cette fois, elle a réussi à se bâtir un théâtre où elle est aux commandes. En inventant une menace de toutes pièces, en liant sans raison l'arbre à Brice, l'œuf peint au duc, et enfin Brice au duc, elle peut monter au créneau et prendre les armes sans risquer d'y perdre des plumes, puisque tout cela n'est que construction mentale. Au fond, Céline a conscience des réelles raisons derrière ses réactions, et ce lien ténu avec la rationalité la rassure. Tant qu'il sera là, elle pourra feindre d'ignorer ses vraies raisons et se concentrer sur l'inexplicable. Car même si tout cela n'est qu'un conte écrit pour sublimer la souffrance de s'être abandonnée à Sören, elle n'a pas d'explication pour le bruit dans le couloir en pleine nuit, pour l'œuf à terre, pour les vêtements dans l'arbre et pour la fuite de Brice.

Après le repas, elle se faufile dans le parc. Il fait nuit, froid, mais elle s'oblige à avancer, vide son esprit, n'écoute pas son corps se braquer, comme les rares fois où elle s'astreint à terminer un cinq kilomètres sur un tapis de course. Elle longe la Viosne, ouvre la porte, s'élance dans le bois, traverse le pont. L'obscurité est encore plus profonde sous les arbres et elle s'éclaire à la lumière de son téléphone. Devant l'arbre, elle sent l'effroi monter, elle a l'impression d'être observée. Plusieurs fois, elle entend des bruits autour d'elle, se retourne et braque la torche de son téléphone sur les buissons. Elle ne compte pas s'attarder. Elle fait l'inventaire des vêtements pendus dans l'arbre, note la présence du casque et des chaussures près des racines. Elle fait plusieurs fois le tour du tronc, se tord le cou en regardant en l'air, se plie en deux pour détailler le sol. Après plusieurs minutes, elle se recule, scrute l'arbre une dernière fois. Aucun autre élément n'est venu s'ajouter à l'ensemble. La tenue de la petite fille est achevée.

À minuit, Céline remonte la fermeture éclair de sa polaire et, chargée du matériel, sort de la chambre. Dans le couloir, elle distingue une silhouette et sursaute. C'est celle de Jordan. Il ne s'est pas endormi, comme elle l'avait craint, et elle ressent une bouffée de soulagement à le savoir près d'elle. Ils s'avancent en silence vers l'escalier, ayant convenu de mener leur enquête principalement au rez-de-chaussée. De fait, l'accès à l'étage est limité puisque les participants occupent sagement la plupart des chambres. Et puis, Céline le sent, si une partie de son âme existait encore dans ce monde, c'est en bas que le duc entrerait en contact avec eux, près de son portrait. Les déambulations nocturnes de l'œuf étaient d'ailleurs une façon de l'inviter à sortir de sa chambre, à aller à sa rencontre. Avant de descendre, Céline vérifie que l'œuf est encore dans son sarcophage. Dans l'obscurité, elle devine les peintures slaves au fond de la bonbonnière et sourit pour elle-même. Au moins une monstruosité de maîtrisée. Elle pose le pied sur la première marche. Elle ne sait si l'arrangement vient d'Anne ou s'il se trouvait là avant, mais Céline loue intérieurement l'épais tapis posé dans l'escalier et maintenu par des barres dorées.

Grâce au tissu, leur descente est silencieuse. Dans l'entrée, toujours en silence, ils s'accordent à l'aide de signes sur la direction à prendre, vers la salle à manger. Une fois dans la pièce, ils poussent la porte derrière eux et, loin des oreilles des autres occupants, parlent enfin.

— Alors, tu as le matériel ?

— Oui, une caméra infrarouge. Elle nous sera bien utile pour nous diriger, on ne voit rien sans lumière ici ! J'ai aussi un détecteur et une paire de baguettes de sourcier, quand on sera prêts…

Concentré, Jordan hoche la tête. Ils éteignent leurs téléphones. Céline sort d'une main tremblante la caméra et la met en route selon les indications notées en gare de Pontoise. L'écran de contrôle leur offre une vue détaillée de la pièce. Chaque meuble, chaque bibelot et chaque tableau dont ils devinent seulement les contours dans l'obscurité se distinguent parfaitement à travers le petit rectangle. Devant le décor révélé par l'écran verdâtre, Céline est partagée. Elle se raccroche à l'image pour se rassurer face à l'ombre qui enveloppe tout. Mais la vision lui rappelle aussi quelques films d'horreur et renforce sa frousse. La veille, après avoir découvert les chaussures au pied de l'arbre, elle était déterminée à combattre le mal qui règne ici. Ce soir, sa résolution s'émousse, partagée entre un effroi irraisonné et le doute quant à l'utilité de l'entreprise. Elle n'a qu'une envie, remonter et s'enfoncer sous son édredon. Mais avec Jordan à ses côtés et la caméra de son ami en main, elle ne peut décemment pas renoncer. Et puis, si elle a vu juste, l'œuvre du bois n'est que les prémices d'une tragédie bien pire, elle ne peut pas rester sans agir. Alors ils se lancent. Céline tient la caméra à deux mains. Jordan offre de la porter mais elle refuse ; finalement, elle aime cet écran, la distance ainsi créée entre la pièce et elle. Jordan attrape le détecteur. L'appareil doit se déclencher s'il détecte un changement électromagnétique. Dans une maison, ces évolutions s'expliquent par la proximité d'un appareil électrique ou d'un aimant, alors l'ami de Jordan a mis Céline en garde : tout déclenchement n'est pas le signe de la présence d'une entité. En revanche, si le détecteur s'agite en l'absence d'appareil ou d'aimant, c'est le signe qu'il serait judicieux de sortir les baguettes de sourcier et d'entamer une discussion.

Pour le moment, Jordan tient le détecteur à bout de bras et fait le tour de la pièce. Il le laisse un temps sur chaque bibelot, lui fait frôler des tableaux. Ils ne détectent rien. Céline croit voir un peu d'appréhension sur le visage de son ami lorsqu'il s'approche de la cheminée. Il tire une chaise, grimpe et pose le détecteur contre le portrait du duc. Céline frémit et l'observe depuis l'écran de la caméra. La scène est tremblante, ses mains s'agitent. Ils laissent passer une minute, en vain. Jordan descend de la chaise et rejoint Céline à grandes enjambées. Elle est soulagée. Lorsqu'il a approché l'appareil du portrait, elle a prié intérieurement pour que rien ne se passe, pour ne pas avoir à sortir les baguettes du sac. Cependant, elle est aussi très embêtée. L'étape principale de son plan venait de s'achever et ils n'avaient rien découvert. Déçus, ils se dirigent vers la bibliothèque et opèrent la même danse, avec moins de conviction. L'appareil se déclenche devant le vieux transistor, et le léger bruit qu'il émet constitue le point culminant de leur enquête. Que faire, à présent ? Poursuivre dans la cuisine ? C'est peut-être une idée reçue mais on imagine mal un fantôme habiter une cuisine, encore moins l'âme errante d'un duc corrompu !

— Jordan, on ne trouvera peut-être rien dans la maison.

— On vient de commencer, il est encore tôt ! Dans les vidéos, les phénomènes se déclenchent parfois seulement à partir de trois heures du matin.

— Ce que je veux dire, c'est que l'on cherche peut-être au mauvais endroit.

Jordan se tourne vers Céline et elle croit le voir vaciller à nouveau. Elle a juste le temps d'assurer sa prise sur la caméra et l'apprenti chasseur de fantômes a retrouvé toute son assurance. Il se dirige vers la porte, l'ouvre, et recule pour laisser passer Céline. Elle n'a pas eu besoin d'énoncer le fond de sa pensée pour qu'il saisisse ce qu'elle avait en tête. Céline monte dans sa chambre chercher la clef. Elle propose à Jordan de l'attendre en bas mais il décline, il préfère l'accompagner. Elle hoche la tête, elle le comprend ; elle n'aimerait pas non plus rester seule en pleine chasse aux fantômes. Une fois revenus dans l'entrée, ils passent en silence veste et écharpe puis sortent dans le parc.

La nuit est nuageuse, sans lune. Concentrés, ils suivent le chemin devenu familier et ouvrent la porte presque avec facilité, ils ont le coup. Dans le bois, ils allument leurs lampes de poche. La chasse au fantôme requiert une obscurité totale mais ils ne connaissent pas encore chaque racine par cœur et ne sont pas prêts à se tordre la cheville pour le duc. Devant l'arbre, Céline actionne la caméra et Jordan sort le détecteur. Il l'approche du casque de vélo puis de la robe, du gilet, des collants et enfin des chaussures. Le spectacle, dans la caméra, est macabre, mais aucun son ne se produit, l'aiguille reste immobile.

Près de la Viosne, ils s'arrêtent pour faire le point. Revenus derrière le mur, porte fermée, ils sont protégés de l'arbre et s'accordent une pause avant de rentrer au château. Même si aucune entité n'est encore venue à leur rencontre ce soir, la recherche use les nerfs. Ici, près de l'eau mollassonne, ils sont en terrain neutre et peuvent reprendre leur souffle.

— Bon alors, on fait quoi ? Tu veux attendre jusqu'à trois heures du matin ? C'est bien à cette heure-là que l'œuf t'a réveillée hier, non ?

Céline hoche la tête et ajoute dans un souffle :

— On s'occupe comment, en attendant ?

Jordan propose de s'installer dans la bibliothèque pour tenter une séance de tables tournantes. D'après lui, ces séances peuvent se révéler très intenses, il est même arrivé que le meuble vole à travers la pièce.

— Le problème, c'est que nous n'avons pas de guéridon à disposition, Jordan.

— Tu es sûre ? Il y a tellement de choses, dans ce château !

Céline confirme. Elle connaît chaque meuble et chaque bibelot par cœur et, aussi étonnant que cela paraisse, Anne n'a pas garni sa décoration du moindre guéridon, pièce pourtant courante dans de telles demeures.

— Alors, faisons une séance de ouija !

Céline n'aime pas la façon excessivement enjouée avec laquelle Jordan propose d'animer la soirée. Elle trouve qu'il n'aborde pas l'affaire avec la prudence nécessaire, il ne devrait pas se réjouir d'entrer en contact avec le duc de Reuilly-les-Étangs, l'expérience est dangereuse, d'autant plus qu'elle ne sait toujours pas comment libérer Brice de son emprise une fois la communication établie.

D'un autre côté, l'enthousiasme de Jordan est un miroir inversé. L'entendre partager ses propositions avec autant de naturel met en exergue l'absurdité de l'entreprise. En étaient-ils vraiment à discuter de la manière d'entrer en communication avec l'au-delà ? Tel un ivrogne constatant l'état d'ébriété avancée de son voisin de bar, elle a envie de reposer son verre, d'abandonner leur quête impossible.

— Laissons tomber, Jordan, de toute façon, nous n'avons pas de planche de ouija non plus.

Son compagnon n'est clairement pas soumis aux mêmes tourments et ajoute avec entrain :

— Non, mais moi, j'ai un pendule ! On peut décrocher le plan du couloir et demander au pendule de nous guider vers la prochaine pièce où mener notre enquête.

À ces mots, l'état d'esprit de Céline passe du défaitisme à une intense excitation. Elle saisit le bras de Jordan avec force et s'exclame :

— Le plan, Jordan !

— Oui, le plan ! Le pendule pourra nous montrer la route…

Mais Céline lui coupe la parole. En plus de celles déjà découvertes, elle veut connaître les autres pièces représentées sur le plan. Jordan mentionne le second étage et les combles, non aménagés, où Anne stocke un tas de choses dans lesquelles elle doit encore faire le tri. Elle le lui a dit le jour où ils cherchaient la clef, car l'escalier est accessible depuis son bureau.

Céline reste dubitative.

— C'est tout ?

— Grosso modo, oui ! Sinon, il y a quelques pièces utilitaires, comme la buanderie, le garde-manger. Ah ! Et la crypte, aussi !

— La crypte ?

Céline se retient de frapper Jordan. Pourquoi n'a-t-il pas mentionné la pièce plus tôt ? C'est bien lui, pourtant, l'expert en vidéos de chasseurs de fantômes, non ? Il est évident que s'il devait se passer quelque chose, ce serait dans la pièce la plus terrifiante du château, la plus sombre ! Céline entraîne Jordan et allonge le pas. En marchant, elle lui explique qu'il doit probablement s'agir d'une cave, les cryptes relevant plutôt des églises. Elle lui demande comment y accéder. D'après le plan, un escalier situé dans le garde-manger y mènerait. Dans la cuisine, ils poussent la porte située juste à côté d'un plan de travail. Ils débouchent dans une pièce étroite et s'autorisent à allumer l'ampoule nue tombant du plafond. Les étagères sont pleines de légumes – oignons, courgettes, courges –, mais aussi de pots de confiture, de boîtes de tisane et de graines de chia. Céline ne repère malheureusement aucune nourriture réconfortante à engloutir qui pourrait lui donner du courage avant d'entreprendre la phase finale de leur quête. Un escalier en pierre mène vers ce qui doit être la cave, et l'unique ampoule du garde-manger peine à l'éclairer jusqu'en bas. Le scénario d'un court métrage, une histoire à faire peur que l'on se raconte enfant, lui revient en mémoire. Une jeune fille est seule chez elle, ses parents sont sortis. Soudain, il n'y a plus d'électricité dans la maison. Avec son téléphone portable, elle appelle son père, il est formel, elle doit descendre à la cave relancer le disjoncteur. La jeune fille a toujours eu une peur bleue de cette pièce et l'évite à tout prix. Enfant, elle pense y avoir vu le diable. Son père l'encourage, il reste avec elle au téléphone, lui propose de compter avec elle les marches à mesure de la descente.

C'est facile, il y en a treize. La jeune fille commence, progresse. Lorsqu'elle atteint la treizième marche, son père la félicite. Sa fille, comme en transe, continue de compter, comme si elle descendait l'escalier infini menant tout droit en enfer.

L'histoire en tête, Céline cherche à éclairer avec son portable les dernières marches de l'escalier, mais la cave est trop profonde. Elle est soulagée que Jordan passe devant. Soit son complice n'est pas impressionné, soit sa volonté de le faire croire l'emporte sur sa peur. La lampe de poche dans une main et le détecteur dans l'autre, il s'avance dans les profondeurs de la maison. Céline, elle, décide d'allumer la caméra ; grâce à l'écran de contrôle, elle verra plus facilement où elle met les pieds. Elle se fait distancer mais entend encore Jordan progresser. Soudain, un vacarme la fait sursauter : un crissement strident de métal contre la pierre suivi d'un bruit sourd de corps qui chute. À cela s'ajoute le cri qu'elle pousse. Pour un peu, elle aurait jeté la caméra à terre. Tout de suite après lui parvient un râle de Jordan. Elle dépose le matériel et l'appelle.

— Jordan ? Jordan ! Ça va ?

Un grognement lui répond. Précautionneusement, elle descend, aperçoit d'abord les pieds de Jordan, les contourne et rejoint sa tête. Il a dégringolé plusieurs marches et se retrouve allongé contre la terre battue du sol de la cave. Ses jambes, elles, sont encore sur les marches dans une position peu naturelle, même pour un professeur de yoga. La chute a dû être impressionnante car il n'est pas tombé face la première mais a réussi à se retourner et à atterrir dos contre le sol.

— Jordan, dis quelque chose !

— J'ai buté contre un truc.

Céline hoche la tête, la gorge sèche.

— Et je suis tombé.

Elle n'a même pas la présence d'esprit de lui faire remarquer qu'il énonce l'évidence. Avec difficulté, il tend le bras et pointe une direction du doigt. Céline l'éclaire avec son téléphone portable.

— Une pelle ?

Jordan confirme. Céline reprend ses esprits, ils pourront discuter des raisons de sa chute plus tard. Pour le moment, elle s'enquiert de l'état de son compagnon : a-t-il mal ? Peut-il se relever ?

Jordan essaie mais, après un nouveau râle qui se réverbère contre les murs de la cave, il abandonne. Sa jambe le fait souffrir. Céline propose de l'aider. À peine s'approche-t-elle de Jordan qu'il se met à crier.

— Non, non, non !

Très bien, le chasseur de fantômes endurant à toute épreuve était en fait très douillet.

Céline énonce la conclusion, évidente : il va falloir réveiller Anne et appeler une ambulance.

— Je peux te laisser ?

Jordan n'a pas écouté Céline, il continue de parler. Peut-être n'a-t-il pas envie d'être abandonné ici le temps qu'elle appelle du secours.

— Ça doit être ma cheville, elle est fragile. C'est à cause de cette pelle, aussi ! Qu'est-ce qu'elle foutait dans le passage ?

Il s'agite maintenant comme il peut pour saisir l'objet de son malheur. Céline se demande s'il ne s'est pas cogné la tête en tombant. Pourquoi se focalise-t-il sur cette pelle ? Dans la manœuvre, Jordan réussit à se déplacer de quelques centimètres, et Céline voit le trou profond qu'a creusé son corps en tombant. Le sol est meuble. Une fois le manche de la pelle en main, Jordan s'accorde un instant pour reprendre son souffle et s'allonge à nouveau. Mais son geste est immédiatement suivi d'un cri de douleur.

— C'est ta cheville ?

— Non, mon dos ! Il y a un truc coupant qui me rentre dedans !

Céline aide Jordan à se soulever pour retirer ce qui le gêne. Tout en maintenant la tête du blessé, elle glisse la main sous son dos, saisit les bords d'un objet et le tire vers elle.

Pendant un instant, ils oublient l'urgence de la situation et la douleur, avides de découvrir la nature de l'objet.

Céline approche sa lampe de l'objet puis le lâche dans un cri. Finalement, Jordan avait eu raison en parlant de crypte.

— Cela ressemble à une moitié de bassin humain.

— 11 —

— Attends, Jordan, il faut qu'on se mette d'accord.

— D'accord à quel propos ?

La voix de Jordan part dans les aigus et trahit sa détresse.

— Sur ce qu'on va dire aux gendarmes.

— Mais ce n'est pas comme si c'était nous qui l'avions tué ! Tu penses qu'ils vont nous soupçonner ?

La voix de Jordan est à nouveau montée d'un cran. Céline se dit que si elle lui demandait de chanter un *om* sur l'instant, il ne serait assurément pas harmonieux. Elle secoue la tête comme pour en faire sortir cette idée saugrenue. Pourquoi fallait-il que le cerveau envoie toujours à la conscience les pensées les plus farfelues et les moins utiles quand on a besoin de la totalité de ses capacités de raisonnement ? Elle déclare avec calme qu'il faudra bien expliquer ce qu'ils fichaient au sous-sol en plein milieu de la nuit. Or le récit de leur chasse au fantôme leur vaudra à coup sûr d'être embarqués par la maréchaussée (voire internés, mais cela, Céline le garde pour elle).

Pendant plusieurs minutes, avec une patience feinte et beaucoup d'efforts, Céline tente de convaincre Jordan. Enfin, elle réussit à le raisonner. Ils se mettent d'accord sur une histoire commune et elle l'oblige, malgré ses protestations et ses plaintes, à la répéter. Finalement, Céline le laisse pour aller chercher de l'aide et lui promet de revenir aussi vite que possible. Elle remonte les marches de la cave deux par deux, traverse le garde-manger, la cuisine, déboule dans l'entrée et attrape la rampe de l'escalier. En route vers l'étage, elle tâche de rester la plus discrète possible pour ne pas réveiller ses camarades. Pourvu que Jordan ne se soit pas cogné la tête en tombant et qu'il se souvienne de leur conversation une fois les pompiers et les gendarmes arrivés ! Elle mourrait de honte si on apprenait qu'ils avaient découché pour chasser le fantôme.

Dans un coin de sa chambre, elle dépose la caméra, le détecteur électromagnétique ainsi que le sac contenant les baguettes de sourcier. Puis elle s'élance à nouveau, atteint l'entrée, ouvre la porte et court dans l'allée, vers la maison du gardien où Anne semble endormie. Il est environ deux heures du matin. Près de la porte, il n'y a pas de sonnette électrique, juste une cloche en fer forgé fixée dans la pierre. Céline s'accroche à la chaîne et tire de toutes ses forces, mais à sa grande frustration, cela ne provoque qu'un unique son sourd. La cloche, ancienne, aurait besoin d'une bonne réparation. Céline perd patience. Dans la cave, face à la panique première de Jordan, elle est restée calme. Elle a repoussé le moment de prévenir Anne car elle voulait être sûre que son camarade accepte sa version de la soirée. Une fois seule et dehors, l'ampleur de l'horreur sur laquelle ils viennent de tomber l'accable. Elle frappe à la porte d'entrée, d'abord deux coups secs, puis tambourine sans discontinuer jusqu'à ce qu'elle aperçoive enfin un faisceau lumineux depuis une fenêtre de l'étage.

Grâce aux lumières successives qui s'allument, Céline peut suivre depuis l'extérieur la progression de la maîtresse de maison. Après une minute interminable, c'est une Anne échevelée, mais toujours couverte de son éternel châle sur les épaules, qui vient ouvrir la porte.

— Céline ?

Après un instant de surprise, Anne retrouve un ton assuré et demande à sa stagiaire comment elle peut lui porter assistance. Céline aurait à ce moment-là été capable de se jeter dans ses bras. Elle reprend son souffle et fait de son mieux pour exposer la situation, évitant de donner trop de détails. Les questions viendront bien assez vite.

— Et il faudra aussi appeler les gendarmes.

— Mais pourquoi ?

Céline décrit alors l'os niché sous le dos de Jordan. Il ne ressemble malheureusement pas à celui d'un animal, et Jordan est du même avis. Sans être médecin, il a suivi assez de formations, prodiguées selon lui par les meilleurs professeurs et les meilleurs thérapeutes, pour reconnaître presque à coup sûr un bassin humain.

Anne passe alors deux coups de fil puis court avec Céline vers le château. L'arrivée des pompiers se fait entendre depuis la cave où Céline tient compagnie au blessé. Jordan et elle sont vite rejoints par trois gaillards portant du matériel médical ainsi que par Anne, retournée dehors pour les accueillir. Jordan est pris en charge et s'abandonne aux mains de ses sauveurs. Il se laisse soulever puis déposer sur une civière. Lorsqu'il est remonté à la surface, le murmure d'une salve de questions parvient aux oreilles de Céline. L'arrivée des pompiers a dû ameuter tous les membres du château au rez-de-chaussée, où un gendarme leur a barré l'accès au sous-sol. La sortie de

Jordan, porté par deux grands types, achève de réveiller complètement les moins alertes.

Le transport de Jordan laisse le champ libre aux gendarmes pour délimiter la zone de chute. En tombant, son corps a creusé assez profondément la terre pour rendre visibles plusieurs espèces de cailloux à demi ensevelis. Céline frissonne ; vu leur disposition, il ne doit pas s'agir de roche, mais bien des restes du squelette. Dans son coin, Anne fulmine. Elle maudit la rumeur qui voudrait que le trésor des Templiers soit enterré au château ! De nombreuses fois déjà, du temps de ses grands-parents, le lieu a été la cible de fouilles sauvages. En vacances au château, les matins de son enfance, il n'était pas rare de trouver plusieurs trous dans le jardin. Ces dernières années pourtant, elle avait l'impression que l'affaire s'était tassée. Elle a cru que les chercheurs de trésor s'étaient découragés à force de rentrer bredouilles, ou qu'ils avaient privilégié d'autres théories. Bien sûr, au gré de quelques reportages et articles sur le sujet, le château de Reuilly-les-Étangs continue d'être de temps en temps cité comme cachette potentielle, mais Anne n'a pas relevé de traces de fouille depuis longtemps. Elle est furieuse de constater qu'un groupe de pilleurs a réussi à s'introduire dans la cave. Avec leurs outils, ils ont remué tout le sol ! Ils ont dû tomber sur le squelette et déguerpir en vitesse, oubliant la pelle derrière eux, responsable de l'infortune de Jordan.

Les gendarmes interrogent Anne pour tenter de dater la fouille, mais elle ne sait dire depuis combien de temps la pelle est ici, ni même s'il a fallu que les pilleurs s'introduisent à plusieurs reprises avant que les os soient mis au jour. Elle ne descend pour ainsi dire jamais dans la cave, d'abord il n'y a pas de système d'éclairage, et puis elle bénéficie d'assez d'espace pour entreposer tout ce qu'elle possède. Les gendarmes tentent de reprendre la main sur la discussion, mais Anne tonne toujours : non seulement un squelette gît sous leurs pieds depuis on ne sait quand, mais il est certain que la nouvelle fera jaser ! En plus de chercheurs de trésor, elle craint que le château soit bientôt assailli de fous furieux en quête de portail vers l'au-delà. À ces mots, Céline baisse les yeux au sol et s'éloigne imperceptiblement de la maîtresse de maison. Anne insiste : un squelette, c'est la porte ouverte à toutes sortes d'histoires à dormir debout ! Elle en connaît, des châteaux qui misent sur les fantômes pour attirer la clientèle, mais elle, elle n'a pas du tout envie de traiter avec le genre d'énergumènes qui feraient tourner les tables dans son salon ! Elle refuse de s'engager dans cette voie et craint que la rumeur inévitable lui fasse perdre son fonds de commerce. Un mort, ce n'est pas vraiment compatible avec l'esprit apaisant d'une retraite spirituelle ni avec l'atmosphère chaleureuse qu'elle tente de créer lorsque le château accueille un événement familial.

Après sa longue plainte, les gendarmes arrivent enfin à calmer Anne et proposent plus qu'ils n'ordonnent aux deux femmes de sortir de la cave. Céline ne sait pas si ce traitement de faveur est dû à son charisme ou à un certain respect de la noblesse toujours en vigueur dans ce coin de campagne, mais elle envie la déférence avec laquelle ils s'adressent à la maîtresse de maison. Plus tard dans la journée, une équipe viendra déterrer proprement le corps. Une chose est sûre, les os mis au jour par les chercheurs de trésor et la chute de Jordan sont des éléments bien humains. Dans l'entrée, comme Céline l'avait deviné, un amas de curieux s'est formé, tiré du lit par le remue-ménage des étages inférieurs. Les gendarmes annoncent à l'attroupement que l'accès à la cave est interdit, la zone est pour le moment condamnée. Anne a tout oublié de son affabilité habituelle et leur assure d'un ton glacial qu'elle veillera à ce qu'aucun de ses pensionnaires ne s'y rende. Céline sent sur elle les regards curieux et avides de ses camarades. Depuis l'arrivée des pompiers et des gendarmes, ils attendent dans l'entrée, impatients et en pyjamas, une explication sur les raisons de ce tapage nocturne. Elle se détache du groupe, elle n'a pas la force d'affronter les questions.

Les gendarmes quittent le château, non sans lancer un sourire concupiscent à Céline. Pendant l'interrogatoire, ils avaient accepté son explication sans soupçon aucun et avaient même lancé un regard entendu à Jordan, gisant sur la civière, qui attendait encore d'être conduit à l'hôpital. Il leur paraissait tout à fait naturel qu'un couple préfère pour ses ébats une cave gelée plutôt que le large matelas à disposition dans leur chambre. Céline défie courageusement le sourire des gendarmes. Pour justifier le fait qu'elle soit debout aussi tard dans la nuit en compagnie de Jordan, elle s'était résignée à inventer une idylle. Et pour expliquer leur présence dans la partie souterraine du château, elle avait mentionné, sur un ton de confidence feinte, son style très sonore en matière d'ébats sexuels. Le rôle était lourd à porter, mais il aurait été encore plus cher payé de devoir évoquer les vraies raisons de sa présence dans la cave.

Le lendemain, une effervescence nouvelle anime la cuisine autour du petit déjeuner. Il est bientôt l'heure de gagner la tour pour le premier cours de yoga, mais on s'attarde, on complote avec son voisin, on émet des théories. Céline surgit dans cette atmosphère électrique, en manque évident de sommeil, bien loin de la nouvelle énergie de ses camarades. Elle est à peine assise devant sa tasse qu'elle est assaillie de questions. Très tôt ce matin, après le départ des gendarmes, elle a réussi à les éviter et à regagner sa chambre assez rapidement, invoquant une émotion et un épuisement certains. Devant son thé, elle ne peut plus reculer. Elle a bien pensé à sauter le petit déjeuner et à rejoindre directement la troupe dans la tour, mais la veille, elle a à peine dîné avant d'entamer leur ridicule chasse au fantôme ; elle meurt de faim.

Elle tente de répondre comme elle le peut aux interrogations avides des stagiaires, de rapporter le plus fidèlement possible les constatations des gendarmes. Elle s'aperçoit qu'elle n'en sait pas beaucoup plus que ses camarades. Tout ce qu'elle peut confirmer, c'est qu'il s'agit bien d'ossements humains. Non, elle ne sait pas si le squelette est entier. Non, elle n'a pas pu déterminer le sexe du mort, même avec une moitié de bassin en main. Les autres en sont étonnés : tout le monde semble soudain posséder une meilleure connaissance qu'elle de l'anatomie ! La dynamique de la conversation n'échappe pas à Céline. Chacun commente l'affaire, sauf Édouard, qui écoute avec intérêt mais ignore Céline. Avec un pincement au cœur, elle constate que le jeune homme est sans aucun doute blessé par le comportement de Jordan, qui lui aurait préféré Céline. Les autres l'interrogent inlassablement sans oser poser leurs questions à Anne, pourtant elle aussi présente lors de l'arrivée des gendarmes. La maîtresse de maison ne s'est d'ailleurs pas assise avec eux ce matin, elle s'active autour de l'imposant piano de cuisine d'époque, à la réalisation de quelques tâches invisibles. Céline en déduit que, plus tôt, les membres du groupe ont dû se faire rabrouer dès leur première question. Ou ont-ils été assez fins pour percevoir l'humeur ombrageuse de la châtelaine et la menace planante ? Ils n'avaient pas pu se retenir d'en parler mais avaient bien sûr évité de poser leurs questions directement. Seule Céline est à même de comprendre ce qui occupe Anne : elle ne souhaite pas alimenter la conversation et aimerait l'étouffer dans l'œuf, les ramener à leurs préoccupations premières, le yoga et le développement personnel. Anne finit d'ailleurs par les mettre hors de sa cuisine un peu rudement. À ce train, ils vont commencer le cours avec du retard ! Doit-elle leur rappeler que ce matin, la séance est donnée par la rigoureuse Sophie ? L'évocation de la professeure suffit à tarir le flot de questions et à vider la cuisine.

En se levant de table, Céline ne peut s'empêcher de remarquer le regard toujours interloqué et suspicieux de Sarah. Son amie ne l'a pas quittée des yeux depuis qu'elle a été interrogée sans pitié par leurs camarades sur les raisons de sa présence dans la cave. À eux aussi, elle a servi la même soupe, sans appuyer pour autant sur les détails qu'elle a cru devoir donner aux gendarmes pour renforcer la plausibilité de son histoire. Ainsi, elle a concocté un récit édulcoré : Jordan et elle cherchaient un endroit calme pour faire plus ample connaissance. Elle a laissé le soin à chacun d'interpréter ses paroles, même si elle se faisait peu d'illusions quant à la direction que prendraient les esprits.

En chemin vers la tour, loin des oreilles d'Anne, la conversation reprend. Céline s'escrime à éviter discrètement Sarah, s'enfonce dans l'amas formé par les autres membres du groupe, répond avec entrain aux questions déjà formulées à de multiples reprises. Pourtant, lorsque vient le moment de former la queue pour emprunter l'escalier en colimaçon, Céline ne peut plus échapper à son amie. Celle-ci la tire par la manche et l'empêche d'intégrer la file. Alors que les stagiaires s'élancent un à un dans l'escalier, peu enclins à respecter le silence qui se fait d'habitude naturellement à cette étape de leur trajet, Sarah, dans un effort certain, chuchote à Céline :

— Céline, je retire tout ce que j'ai dit jusqu'ici, ce stage te fait le plus grand bien ! Toi qui n'arrivais pas à oublier ton Sören, tu te mets à flasher sur Brice, et maintenant qu'il est un dangereux maniaque, tu te lances dans une partie de jambes en l'air avec Jordan ! Il n'y a pas à dire, tu sais rebondir, tu transpires la santé par tous les pores !

Confrontée au ton ironique de son amie, Céline s'oblige d'abord à garder la face et se lance dans un récit peu inspiré où elle tente de décrire sa subite attirance pour Jordan. Mais devant l'air amusé de Sarah, elle se rend compte qu'elle n'a aucune chance de la convaincre et sent ses défenses lâcher. Après tout, elle ferait mieux de lui exposer les folles raisons de sa présence dans la cave plutôt que de soutenir devant elle cet improbable élan de lubricité. Tant pis pour sa honte, et tant pis pour les réserves de la cartomancienne au sujet des esprits et des fantômes.

— C'est bon, je sais bien qu'on ne te la fait pas, à toi ! Avec Jordan, on a voulu tenter une exploration, hier soir.

Face à l'air interrogatif de Sarah, Céline lui parle des vidéos sur Internet, des chasseurs de fantômes, de l'ami de Jordan, du matériel emprunté en gare de Pontoise, de la descente dans la cave et de la chute de leur acolyte. Elle appuie sur la nécessité de mettre au point cette idylle farfelue entre Jordan et elle pour ne pas avoir à expliquer leur ridicule projet. D'ailleurs, vu la réaction d'Anne, elle a été bien inspirée. Et le nez levé vers le portrait de Marie, Céline comprend combien cela lui aurait coûté de perdre la tendresse de la nouvelle maîtresse de maison.

— Je préfère cette version, même si je vous avais dit de vous tenir éloignés des esprits ! À les déranger, on n'obtient jamais rien de bon ! Mais pourquoi une chasse au fantôme, Céline ? Tu m'expliques le rapport avec la semoule ?

Céline expose alors péniblement sa théorie. L'avoir évoquée une première fois devant Jordan ne rend pas l'exercice plus facile. Elle se démène pour présenter les faits avec le plus de cohérence possible, à donner aux liens formés dans son esprit une couleur logique, presque scientifique. Elle commence par le duc, son aura malsaine, l'œuf animé dans le but de l'inviter à prendre contact. Elle continue avec la possession présumée de Brice, à l'origine du totem des bois. Elle termine en se donnant le beau rôle, insiste sur sa volonté de libérer le jardinier et d'empêcher la bête immonde d'enfler. Elle passe enfin à l'autoflagellation. En pleine nuit, dans le château, il est facile de se laisser prendre au jeu. Mais une fois le jour revenu, le ridicule de l'entreprise lui éclate au visage. Même si elle est toujours persuadée qu'une énergie malsaine rôde autour de l'arbre du bois, elle reconnaît l'inutilité de leurs efforts. Évidemment, ils n'étaient entrés en contact avec aucune entité. Et comble de malheur, cela vaut à Jordan un séjour à l'hôpital.

— Céline, excuse-moi, mais tu es quand même un peu bouchée de la courge, parfois, non ? La prochaine fois que tu tenteras de communiquer avec les morts, je me demande ce qu'il te faudra comme signe pour que tu les entendes !

Céline écarquille les yeux mais Sarah ne donne pas plus d'explication et s'élance dans l'escalier. La conversation leur a fait perdre la notion du temps, la file a bien avancé devant elles. Céline la suit en toute hâte, manque une marche, retrouve son équilibre. Juste avant de passer la porte de la salle de yoga, Sarah se tourne à nouveau vers elle.

— Au cours de ta petite sauterie d'hier soir, tu n'as pas trouvé un squelette, peut-être ?

Le cours de yoga Iyengar calme les esprits. Le retard du groupe n'a évidemment pas échappé à Sophie, qui se fait un devoir de rappeler ses élèves à l'ordre. Ils passent la majorité du cours en position précaire, à chercher l'équilibre malgré un bras ou une jambe levée. Le remède de Sophie ne s'embarrasse pas de subtilité. Face au manque de concentration des membres du groupe, elle prescrit la recherche de l'équilibre physique. Cela devrait leur remettre les idées en place. C'est déjà le septième jour de stage et ils devraient être capables de tenir leur poirier plus longtemps.

Après la séance, dans la salle à manger, chacun attend avec impatience mais en silence l'arrivée du déjeuner. L'épuisement du corps et du mental maintient au loin les commentaires des péripéties de la nuit. L'arrivée de Jordan, cheville enturbannée et béquilles sous les bras, relance tout de même un peu l'effervescence du matin. Céline l'observe s'avancer dans la pièce et note avec un pincement au cœur les regards emplis de sous-entendus de certains stagiaires, les commentaires chuchotés et les rires gras. Édouard, quant à lui, continue d'ignorer superbement Céline et s'élance vers le blessé pour le saluer. Cette supposée idylle avec Jordan est lourde à porter. Enfin, Jordan, après avoir accueilli froidement l'empressement d'Édouard, arrive à leur niveau, et Sarah s'active à avancer une chaise, de lui trouver tabouret et coussin pour poser sa cheville. La cartomancienne, connue pour ne jamais se priver d'un bon mot, pose sa main sur l'épaule de Jordan et, tout sourire, déclame :

— Alors l'amoureux, pas trop de mal ?

Jordan ne sait si, devant Sarah, il doit continuer à jouer son rôle d'amant malchanceux, et lance un regard interrogatif à Céline. Elle lui chuchote que Sarah est au courant de l'entourloupe et qu'il peut parler sans risque. Il se lance alors dans une description très détaillée de sa prise en charge, de l'état de sa cheville et des raisons de sa fragilité première. Céline admire Sarah, qui écoute patiemment le récit de Jordan. Elle ne lui porte pas autant d'intérêt et ressent une pointe de culpabilité. C'est tout de même à cause de son idée qu'il se retrouve encadré de béquilles ! Mais Dieu qu'il aime parler ! Il prend beaucoup de virages et de détours pour finalement les rassurer sur son état, sa cheville devrait être rétablie d'ici quelques semaines. Le yoga lui est évidemment interdit, mais il aimerait tout de même s'attarder jusqu'à la fin du stage, il ne reste plus qu'un jour, il va voir comment s'arranger avec Anne.

La maîtresse de maison apporte justement les plats. Elle dépose les différents mets sur la table et s'étonne tout haut de la présence d'une chaise contre la cheminée. Céline pâlit. Il s'agit de la chaise utilisée par Jordan la veille pour accéder au portrait du duc. Dans la précipitation, ils ont oublié de la remettre en place. Après avoir échangé un regard coupable avec le blessé, elle feint l'étonnement et regarde Pascal replacer le meuble dans un coin. L'incident semble déjà oublié, et Anne déclare le buffet ouvert. S'inspirant de la prévenance de Sarah, Céline s'évertue à faire un effort et propose à Jordan de le servir. Puisqu'elle porte l'assiette de Jordan en plus de la sienne, les autres la laissent se servir en premier ; le blessé bénéficie d'un traitement de faveur, et ils sont si mignons tous les deux. Elle serre les dents et ajoute une seconde part de quiche à son repas déjà copieux. Au bout du buffet, son assiette déborde de nourriture. Elle se retourne pour rejoindre ses amis et tombe sur Anne. La maîtresse de maison se penche vers son oreille, même si la manœuvre semble inutile. Les autres, affamés, sont trop occupés à se servir à leur tour pour écouter leur conversation.

— Les gendarmes ont fini, en bas, mais ils sont obligés de laisser les scellés le temps de clôturer l'enquête.

C'est au tour de Céline, en sa qualité de témoin direct, de bénéficier d'un traitement de faveur. En plus de Jordan, elle est certainement la seule personne avec qui Anne accepte de commenter l'affaire. Céline la comprend. La maîtresse de maison ne souhaite pas ajouter d'huile sur le feu, certes, mais elle a tout de même besoin de partager son agacement avec quelqu'un.

— Même si je doute qu'ils clôturent quoi que ce soit un jour ! D'après le spécialiste, les squelettes étaient enterrés depuis longtemps, plusieurs siècles peut-être.

Pendant leur conversation, la file devant le buffet a diminué et Anne s'apprête à se servir à son tour, mais Céline, blême, lui attrape le poignet.

— Les squelettes ?

— Oui, le bassin que tu as trouvé, c'est celui d'une femme. Elle était enceinte.

Livide, Céline rejoint ses camarades. Elle dépose un peu brusquement l'assiette de Jordan devant lui et entame la sienne, les yeux dans le vague.

— Oh Céline, où tu vas, là, sans nous ? Hello, il y a quelqu'un là-dedans ? Dans d'autres circonstances, je te demanderais si tu as vu un fantôme, mais bon...

Céline revient à elle et prend le temps d'avaler son énorme bouchée avant de répondre à Sarah. Dans sa tête, son esprit tire le fil, relie les faits. Sa pensée bouillonne, pour le moment, tout est encore trouble, mais elle le sent, bientôt, ses idées franchiront une dernière porte et, comme la Viosne après avoir passé la grille, elles s'écouleront, amples et calmes. Céline le sait, elle est proche de la conclusion.

— Il faut qu'on fasse le point. Mais pas ici. Anne m'a demandé de ne pas partager ce qu'elle vient de me dire avec les autres, elle ne doit pas nous entendre.

Ils optent naturellement pour une de leurs méditations marchées après le repas et finissent en hâte leurs assiettes. Il ne vient à l'idée de personne que leur sortie, dans l'état de Jordan, est au mieux saugrenue.

À l'extérieur, ils comprennent enfin que les béquilles de Jordan ne seront pas compatibles avec les racines du bois, et s'en tiennent au parc. Ils progressent lentement jusqu'à la Viosne alors que Céline leur relate la découverte des gendarmes. Devant la grille familière, ils font une halte. Tous trois observent un instant ce point où le ruisseau s'échappe du château et se transforme en digne rivière.

— C'est triste, cette histoire, un squelette de femme et un bébé…

— On connaît déjà la façon dont elle est morte ?

— Le spécialiste a remarqué une blessure au niveau du crâne. Les chercheurs de trésor n'ont dérangé le corps qu'en surface. Vu la façon dont il a été enterré, la femme se serait fracassé la tête en tombant dans l'escalier. On l'aurait enterrée là où elle a atterri. Enfin, si vous voulez mon avis, on l'a plutôt poussée, sinon pourquoi l'enfouir dans la cave et pas au cimetière ?

— Le fantôme de ton duc vous aurait donc tout droit conduits à un meurtre vieux de plusieurs siècles !

Après avoir reconnu que la situation était en effet digne d'être relevée, le groupe d'amis s'interroge. Que faire ?

Céline tire à nouveau le fil de ses pensées. Elle montre à ses camarades comment les faits dont ils disposent s'entremêlent et conduisent à la folie. Elle en est persuadée, la femme de la cave n'est autre que la fille du commerçant. Se souvenaient-ils de l'histoire mentionnée par Anne ? Le duc se serait battu avec un marchand, possiblement pour une question d'argent, il était pingre. L'autre raison évoquée par Anne était cependant un différend au sujet de la propre fille du marchand, se la rappelaient-ils aussi ? Or Anne avait dit à demi-mot que le duc était connu pour disposer du corps des membres de son personnel comme il l'entendait. Et s'il avait fait de même avec la fille du commerçant ? Et si elle était venue lui annoncer sa grossesse, réclamer des comptes ? Et s'il l'avait poussée dans l'escalier et enterrée dans la cave ?

— Peut-être bien, mais on ne pourra jamais en avoir le cœur net si cela remonte à l'époque du duc ! Et ton histoire ne nous aide pas avec notre machin.

Sarah, une grimace sur le visage et le pouce en arrière, désigne le bois et, par extension, l'arbre. Céline s'anime, a du mal à contrôler le flot de ses paroles.

— Si, justement ! Imagine, imagine un instant que le commerçant a eu d'autres enfants. Imagine que sa lignée se soit perpétuée jusqu'à nos jours. Le descendant de cette famille, tu veux que je te dise ? Ce n'est nul autre que Brice ! Brice, qui baigne depuis sa naissance dans le mythe familial, porte la disparition de son aïeule comme un crime jamais vengé et est nourri par des générations de haine.

— Et il en serait venu à décorer notre arbre avec les habits de sa petite sœur ?

— Tu ne devrais pas tourner cela à la rigolade, Sarah. Ce n'est pas toi qui m'as mise en garde contre les esprits ? Ce qui se passe dans le bois, c'est une annonce funèbre. N'a-t-il pas installé chaque élément de son décor un à un, comme un décompte ?

— Un décompte avant quoi ?

— Avant son grand final, avant la vengeance ultime, qui libérera enfin sa lignée de l'offense et du crime injuste. Monique nous l'a dit, nous portons les traumatismes de nos ascendants. Imagine le poids du passé lorsque ton ancêtre à toi n'est autre qu'une fille violée, engrossée et tuée !

Sarah soutient avec vigueur ce dernier point. D'ailleurs, elle a lu le livre de la spécialiste en psychogénéalogie. Le prénom « Brice » signifierait le combattant, le plus fort, le fédérateur. Quoi de mieux qu'un descendant nommé ainsi pour être capable de laver l'outrage fait à sa famille ?

Céline poursuit, déterminée :

— Le décompte de Brice est terminé, il n'ajoute plus de vêtement à l'arbre, l'annonce est complète. Il s'apprête à passer à la vitesse supérieure, surtout avec la découverte du corps de son aïeule. Le crime est confirmé, sa rage se décuple. Il faut l'arrêter !

Jordan et Sarah, emportés par la verve de Céline, hochent vigoureusement la tête, mais un silence s'installe rapidement. Aucun des deux n'a bien compris ce que Céline a exactement en tête. De quoi Brice doit-il être empêché ?

— C'est une question de balance, Sarah, une question d'équilibre. Il faut rétablir l'énergie, une vie pour une vie, une âme pour une âme. À mon avis, il va tuer, anéantir la descendance du duc. Prendre la vie d'une petite fille.

Un long silence succède à la déclaration de Céline, chacun mesure les conséquences désastreuses de sa théorie si elle venait à se vérifier. Puis Sarah et Jordan se lancent dans une joute verbale. À tour de rôle, ils énoncent leurs arguments et leurs contre-arguments, font des allers et retours, défendent la théorie de Céline pour la défaire juste après. La couleur fantasque de son hypothèse ne peut être ignorée, ni la cruelle absence de preuve. Cependant, n'ont-ils pas appris à écouter leur intuition, à la développer même, à force de méditation ? N'était-ce pas aussi l'objet de ce stage ? Et il est incontestable que l'arbre du bois ne laisse pas indifférent. Sa force de répulsion n'est pas aussi intense pour eux qu'elle semble l'être pour Céline, mais l'aura nauséabonde qui l'environne est indéniable.

Certes, mais tout de même, entre des vêtements accrochés dans un arbre et le sacrifice d'une petite fille, il y a un pas de géant.

Un pas de géant, admettons, une conclusion un peu vite tirée, peut-être, mais le squelette dans la cave venait rebattre les cartes. Car si, jusqu'à présent, ils avaient pris l'habitude de débattre sur l'atmosphère du château, de l'arbre, de commenter les vibrations plus ou moins négatives, ils avaient maintenant un corps, et même deux, sur les bras.

Deux corps, oui, mais deux corps vieux de plusieurs siècles, alors comment savoir s'ils étaient réellement liés à l'arbre ?

Après s'être renvoyé la balle plusieurs fois et avoir démonté les arguments de l'un et de l'autre, Jordan et Sarah s'accordent une pause. Puis la cartomancienne se tourne à nouveau vers Céline et demande :

— De toute façon, le duc n'est pas l'ancêtre d'Anne, sa famille a acquis le château après son règne. Lui est mort sans succession officielle. Si ton hypothèse est juste, comment Brice compte-t-il mettre la main sur la descendante du duc ?

— Aucun enfant n'a été reconnu, certes, mais Anne l'a dit elle-même, il a certainement été le géniteur d'un bon nombre de bâtards. Les familles de certains de ces enfants doivent encore vivre dans le coin, il en suffit d'une ! Dans les campagnes, on garde en mémoire l'histoire de ses aïeux, on n'oublie pas, on transmet.

— Comment on va la trouver, cette petite fille, alors ? Si on veut la protéger, il va bien falloir l'identifier, non ?

— On va se rendre au cœur des mémoires. On va aller boire un verre au bar PMU.

— 12 —

Pour une fois, l'atelier de méditation animé certains après-midis par Carolina lui a été bénéfique. En suivant les indications de la voix presque suave de sa professeure, Céline a réussi à se détendre un peu. À la fin du cours, à l'écoute des témoignages de ses camarades, elle comprend néanmoins qu'elle n'a pas de quoi se vanter. La détente est en effet une conséquence intrinsèque de la méditation. C'est un sentiment si facilement accessible dans cet état que les stagiaires ne le mentionnent même plus. Non, quand ils rapportent leurs expériences après la séance, ils parlent plutôt de visions, de sensations physiques. Certains ont expérimenté une forme d'élévation, comme si leur corps s'étirait vers le ciel, accompagnée pourtant d'un ancrage profond, de l'impression de devenir lourd dans le sol. D'autres ont vu défiler devant leurs yeux une kyrielle de paysages exotiques, tous plus beaux les uns que les autres, des images de contrées qu'ils ne se souviennent même pas d'avoir visitées. Et il y a aussi les élus. Ceux-là sont entrés dans la lumière, ils ont accédé au grand tout ou à l'infinie vacuité – visiblement, il s'agissait de la même chose. Aux élus, le groupe octroie respect et admiration. Ils ont été dignes de se trouver si proches de l'éveil que leur âme est forcément supérieure. On les regarde avec émotion et envie.

Céline, elle, se contente d'avoir réussi l'exploit, et ce pendant plusieurs secondes de suite, d'arrêter le flot de pensées qui l'assaille depuis la révélation d'Anne. Le squelette de la cave était celui d'une femme enceinte. Et comme si cela ne suffisait pas, Brice allait à son tour prendre une vie. Comment allait-elle le tirer de là ? La séance est terminée et son esprit repart. Dans l'escalier, elle adresse un hochement de tête entendu à Sarah et pénètre dans sa chambre. Elle retire ses vêtements de yoga, enfile un jean, un pull en laine, se coiffe. Elle fait l'impasse sur le maquillage, inutile d'arriver trop sophistiquée ou d'envoyer les mauvais signaux. Elle sera là pour s'informer et non pour séduire. Dans le couloir, elle regarde avec satisfaction la bonbonnière fermée. L'œuf est toujours prisonnier de son sarcophage et n'est pas venu toquer à sa porte cette nuit. Non qu'elle ait mieux dormi, après la chute de Jordan et la découverte du squelette, mais dans la bataille contre le duc, chaque victoire compte. Elle rejoint Sarah dans l'entrée et les deux femmes enfilent manteau et chaussures.

— J'ai l'impression que Jordan boude, il voulait venir.

— Je sais, mais le bar n'est pas tout près lorsqu'on se déplace avec des béquilles ! Et puis à cette heure, tout le village doit être au courant des événements de la nuit dernière. Avec son attirail médical, tout le monde le verra immédiatement comme celui qui s'est rétamé dans l'escalier !

Il y avait une autre raison pour laquelle Céline souhaitait qu'il reste en retrait. Les détails de la soirée avaient dû être au moins diffusés, au pire, déformés. Ainsi, chacun devait savoir que le squelette avait été trouvé par un couple en quête de sensations fortes, peut-être adepte de pratiques douteuses, un mélange de sexe et d'occultisme qui serait sans doute longuement commenté. En n'exposant pas Jordan aux villageois, Céline garde un espoir que la conversation n'emprunte pas ce chemin. Elles passent devant le cimetière et Céline se demande si la femme de la cave y sera enterrée, si elle sera mise en terre avec son bébé. Ou alors, après toutes ces années enfouis ensemble, allait-on séparer les deux squelettes ? Le petit corps allait-il rejoindre le coin des enfants ?

Elles sont encore à une quinzaine de mètres lorsqu'elles aperçoivent la grande vitrine éclairée. Derrière, quelques têtes sont penchées, personne ne semble bouger. Céline se demande si Hopper se serait inspiré de la scène pour peindre un de ses fameux tableaux, où le temps semble figé, les personnages tombés dans un gouffre infini de silence et de solitude. Puis elles arrivent devant l'établissement. Céline, soudain saisie par la timidité, hésite, mais Sarah pousse la porte avec empressement et s'engouffre dans le bar. Céline n'a pas le temps de réfléchir et suit son amie.

L'intérieur correspond à ses attentes. La décoration est réduite à son minimum : un paysage de forêt, peint avec mauvais goût, est accroché au mur, une télé fixée dans un coin est allumée sur une chaîne d'informations en continu. Le sol est couvert d'un carrelage beige détestable, les tables sont simples, en bois, les chaises en Formica orange. On lève mollement la tête à leur arrivée ; le patron, derrière son bar, est le seul à les saluer. Il ne leur en faut pas plus pour se sentir invitées à le rejoindre. Elles prennent place face à lui, sur deux tabourets hauts, et se mettent à regarder intensément le tableau d'ardoise pour déchiffrer le menu.

— On ne sert plus, c'est le menu du midi. Le soir, on ne cuisine pas.

— Vous avez une carte des boissons ?

Le patron leur adresse un regard vide et, d'un geste large, ratisse son bar. Le message est clair, il n'a rien à cacher, toute la marchandise est sous leurs yeux. À Paris, lorsqu'elle sort, Céline aime disséquer la carte des boissons, en particulier la description des cocktails. Avec les tarifs de la capitale, cette habitude ne fait aucun bien à sa bourse, mais elle ne résiste pas à l'attraction des boissons sucrées. En été, elle opte souvent pour le désormais incontournable mojito, ou un spritz, quand elle fréquente un établissement faussement branché, tentant de surfer sur la vague de la mode vintage. Ici, en revanche, elle sent qu'il vaut mieux ne pas embarquer le patron dans l'élaboration d'une boisson compliquée. Sarah et elle optent pour une pression, mais servie en demi. Elles n'ont pas bu d'alcool depuis plusieurs jours, elles ne veulent pas risquer de s'enivrer trop rapidement. Le patron s'active sur sa tireuse et Sarah se penche pour chuchoter à Céline :

— Dommage qu'ils ne servent plus à manger, j'en avais l'eau à la bouche d'avance, j'espérais pouvoir m'enfiler un bon dessert, autre chose que les graines de chia du château, je n'en peux plus !

D'un hochement de tête, Céline lui fait comprendre qu'elle aussi en a assez de ce dessert. Au départ, elle avait accueilli avec joie cette note sucrée en fin de repas. Elle rêve aujourd'hui d'un gâteau roboratif, généreux en crème, comme une forêt-noire ou un moka.

Une fois leurs bières servies, les deux amies se détendent un peu. Il est une vérité indiscutable : l'homme ou la femme verra sa prestance et sa confiance grandir une fois un verre à la main. C'est dans cet état que Céline ose opérer un tiers de rotation sur son tabouret et observer les occupants de la salle. Elles avaient vu juste, à cette heure-ci, c'est l'apéritif, l'établissement est bien rempli. Au centre, immanquable, un homme d'une cinquantaine d'années termine son verre, l'œil mauvais. Son fusil repose contre sa chaise et, pour une raison obscure, il a aligné plusieurs cartouches sur la table. Céline se demande si les armes à feu sont autorisées dans les lieux publics. Cela dit, elle sait qu'à la campagne, des règles différentes s'appliquent. Elle a connu un bar, caché dans une vallée alsacienne et tenu par une immarcescible grand-mère, dans lequel les clients fumaient toujours une vingtaine d'années après l'entrée en vigueur de la loi Évin.

Les autres buveurs, tous des hommes, affichent un air légèrement maussade. Le bar est bien silencieux, elles ne savent pas s'il en est toujours ainsi ou si leur arrivée a interrompu la conversation. Heureusement, la personnalité de Sarah est restée franche, son naturel n'a pas été recouvert d'une couche policée et légèrement méprisante pour les lieux populaires. Elle n'a jamais quitté sa région natale et le vernis caractéristique déposé sur chaque enfant de la campagne lorsqu'il rejoint une grande ville ne l'a pas abîmée. Elle rompt le silence après sa première lampée de bière, faisant part à l'assemblée de sa satisfaction. Un régime végétarien et sans alcool ne peut pas faire de mal, mais après les émotions de la nuit dernière au château, un remontant s'imposait ! Céline bénit l'habileté de son amie. À la déclaration spontanée de Sarah, plusieurs têtes se sont relevées, dont celle de l'homme à l'œil mauvais. Sarah vient de répondre à leurs questions silencieuses : elles sont bien en stage au château et tout à fait disposées à commenter l'événement extraordinaire de la nuit. Céline voit le chasseur ajouter une cartouche à sa collection. Pourquoi diable faut-il qu'il expose ses chevrotines ? Est-ce une façon de les impressionner ? Décidément, entre l'arbre de Brice et lui, les hommes du coin sont adeptes de mises en scène lugubres.

— Il paraît que deux petits jeunes sont tombés sur un os en voulant s'envoyer en l'air dans la cave du château !

Ça y est, il a mordu, l'homme est sorti de sa réserve. Il se lance dans un rire gras, amusé par son propre jeu de mots facile. Céline s'oblige à maintenir un air neutre. Le personnage est grossier et, en temps normal, elle aurait fui toute interaction avec lui. Cependant, au fond d'elle, elle lui est tout de même un peu reconnaissante. Par sa plaisanterie douteuse, il l'a rangée sans le savoir du côté des jeunes gens, et Céline esquisse un sourire. Il est vrai que dans l'esprit de beaucoup, les folies érotiques sont réservées à une certaine tranche d'âge, les autres ayant compris à force de pratique que rien ne vaut le confort d'un lit. Elle s'apprête à répondre, mais soudain, elle est prise d'un doute : elle ignore quels détails sont parvenus jusqu'ici, et elle ne veut pas trahir les confidences d'Anne. Pourtant, il va falloir mettre ses principes de côté si elle veut en apprendre plus sur la descendance du duc.

— Tout à fait, et pas qu'un os ! Un squelette entier, et même deux, si on compte l'enfant !

Filer la plaisanterie du chasseur semble porter ses fruits, elle voit ses traits se détendre. Ses hochements de tête lui font comprendre que la nouvelle leur était déjà arrivée, l'état de la femme de la cave était connu de tous. Le secret de l'enquête, lorsqu'il s'agissait de morts vieux de plusieurs siècles, est peut-être moins respecté. Encouragée, elle oublie ses réserves de départ et tente le tout pour le tout.

— Vous savez ce que l'on raconte au château ? Que le squelette aurait à voir avec le duc de Reuilly-les-Étangs, celui qui a fait construire la bâtisse.

— Ça serait vrai que ça ne m'étonnerait pas ! Un vrai salaud, celui-là, une saleté. Heureusement, son nom n'a pas duré, il aurait souillé nos terres.

L'homme rétablit inutilement l'alignement déjà parfait de ses cartouches, et Céline se remémore la remarque de Jordan à propos des chasseurs. Lorsque l'on tue des animaux, le pas à franchir pour pointer son arme sur un homme n'est pas grand. Leur chasseur est peut-être un tueur, mais d'après ses propres dires, il ne se place visiblement pas dans la même catégorie que le duc.

— D'ailleurs, on est sûr que le duc n'a pas eu de descendants ?

— Pourquoi vous demandez ça ?

Fin de l'entente précaire, l'homme a retrouvé son air mauvais, il n'aime pas les curieux. Céline tâche de garder un ton dégagé.

— Je me disais, si le squelette est celui d'une personne qui a connu le duc et que c'est le duc qui l'a tuée, eh bien, peut-être que la famille de ses descendants sera embêtée, juridiquement parlant, je veux dire. Enfin, je ne m'y connais pas trop, c'est juste une pensée comme ça.

Céline avale une longue gorgée de bière pour se remettre de son audace. Même à ses propres oreilles, son explication est vaseuse. Elle suppose le chasseur peu complaisant et fige un sourire innocent sur son visage, priant silencieusement avant de recevoir l'impact de la réponse.

— Ouais, si c'est le cas, bon courage aux flics pour les retrouver ! Il n'y a pas de descendant chez nous, on ne bouffe pas avec cette fange, à Reuilly-les-Étangs. Même le duc et sa femme n'ont pas été enterrés au village, on n'a pas voulu de leurs cadavres. Ou alors, si c'est le cas, on a perdu leur tombe depuis longtemps.

Céline songe à sa visite du cimetière, aux deux sépultures identiques dont l'inscription est illisible. Et si les villageois se pensaient débarrassés du duc depuis des siècles alors qu'il reposait au centre du bourg depuis tout ce temps ?

Elle tente d'orienter encore un peu la conversation sur les descendants du duc, mais le sujet est clos. Les autres clients se mêlent à la conversation, commentent la découverte, l'humeur d'Anne. C'est certain, elle va encore râler. La pauvre, il faut la comprendre, aussi, les gens se croient tout permis ! On n'a pas idée de pénétrer sur une propriété privée pour creuser des trous dans le sol. Encore des pignoufs qui n'ont rien d'autre à faire. N'empêche, quand Anne est en colère, elle le fait savoir, elle joue les grandes dames ! C'est faux, elle n'est pas orgueilleuse, c'est une enfant du pays. Enfant du pays, enfant du pays, tu parles, elle n'a pas grandi là. Ses grands-parents, oui, mais son installation à elle est récente, à échelle de village.

Céline les lance alors sur Brice. Connaissent-ils le jardinier ? À nouveau, la méfiance revient, on n'aime pas les questions trop précises. Mais les hommes répondent tout de même. Bien sûr, ils connaissent Brice, c'est un bon gars mais ils ne le voient pas souvent, il ne fréquente pas l'établissement, toujours le nez dans ses plantes. S'il n'est pas au château, c'est qu'il taille chez l'un et tond chez l'autre ! C'est un gars du coin, oui, mais personne ne saurait dire à quand remonte l'arrivée de sa famille dans la région. Non, ça n'est pas un sujet qu'il évoque beaucoup.

Sarah et Céline mentionnent ensuite l'arbre du bois mais n'obtiennent que des regards vides. Les hommes du bar n'ont rien remarqué, c'est à croire qu'ils ne comprennent pas ce que les deux amies leur décrivent, quelques vêtements dans un arbre ne sont pas dignes de commentaires. Céline les pousse, peut-être s'agissait-il d'un arbre à loques, ils ne se trouvent après tout pas très loin d'un des sites les plus célèbres de France. Mais pour la moitié de ses compagnons de bière, l'arbre à loques de Senarpont est une simple curiosité au bord de la route qui mène à la ville. Un dépotoir que l'on ferait mieux de raser. Pour l'autre moitié, il s'agit d'une croyance de bonne femme. Dans tous les cas, c'est moche.

Céline a compris qu'elle ne tirerait rien de plus des hommes du village. Lancés sur le sujet, ils opèrent une conversation itérative, partant de la découverte des squelettes et revenant sans cesse au même point : on n'a aucune idée de qui pouvait bien être enterré dans la cave. Il faudra attendre l'enquête des gendarmes. Sous l'impulsion de Céline, Sarah a terminé son verre et elles ont souhaité bonne nuit à leurs camarades d'un soir. Sarah, délivrée de la menace imminente d'un infanticide à laquelle elle n'a probablement jamais vraiment cru, s'avance gaiement sur la route du château et suit une trajectoire plus ou moins droite. La cartomancienne n'est pas une grande buveuse et tient difficilement les deux demis qu'elle s'est enfilés à une vitesse impressionnante, par souci d'intégration, comme elle l'a assuré à Céline. Céline, elle, ressent également l'effet des boissons après ces quelques jours d'abstinence et de manque de sommeil. Cependant, elle n'a pas l'alcool aussi joyeux que son amie. Elle est déçue et soucieuse. Sa stratégie n'a pas marché ; au bar, elle n'a pas su obtenir le nom de la jeune descendante du duc pour la protéger de Brice. Ce nouvel échec s'ajoute à sa vaine tentative d'entrer en communication avec le maître du château lui-même. Tous ses plans tombent à l'eau les uns après les autres, même s'il faut reconnaître que la découverte d'un squelette, comme l'a fait remarquer Sarah, n'est pas rien.

Elle se sent impuissante, elle ne va pas pouvoir sauver la petite fille ni l'âme de Brice, et cela la plonge dans un grand tourment. Le fantôme de Sören n'est pas loin. L'empathique Sarah, que l'alcool n'aveugle pas complètement, s'inquiète face à la mine de Céline.

— Bah dis donc ma Céline, tu es bien pressée de rentrer, tu as hâte de retrouver le fantôme de ton duc ou quoi ?

— Encore une fois, tu plaisantes avec cette histoire, Sarah, pourtant c'est toi qui m'as demandé de rester sur mes gardes, de ne pas provoquer le mauvais sort !

— Mais il n'y a aucun danger, puisqu'il n'y a pas de duc ! Tu n'as pas entendu ce qu'ils ont dit, là-dedans ? Le duc est mort sans descendance ! Pas de descendance, pas d'enfant à tuer ! Franchement, on aurait dû rester boire un autre coup. Une réussite pareille, ça se fête.

— Anne nous a dit que le duc avait la fâcheuse habitude de trousser les filles de maison, il y a forcément eu des enfants, Sarah ! C'est juste que la réputation du duc est telle que personne ne se vante d'avoir son sang dans les veines ! On tait sa lignée sous peine de se faire lyncher par le reste du village. Tu as entendu le chasseur, il dément la présence d'une telle engeance sur ses terres, des siècles après ! C'est que la plaie n'est pas refermée et que la vindicte populaire est prête à frapper à nouveau s'il le faut.

— D'accord, disons qu'ils conservent une certaine rancune. Mais franchement, Céline, on s'est un peu emballées, non ? Après tout, le squelette n'a peut-être rien à voir avec le duc.

— Et comment tu expliques l'arbre, alors, la réaction de Brice, et l'œuf devant ma porte ?

Sarah hausse les épaules, elle est aussi perdue que son amie mais ne penche pas du même côté. Pour elle, ces événements sont certes inexplicables et légèrement inquiétants, mais n'accaparent pas son esprit. Elle les laisse arriver comme une spectatrice, attendant patiemment le dénouement de l'histoire. Céline, elle, ne peut s'empêcher d'être actrice, elle doit démêler les nœuds du cordage avant d'être noyée.

— Qu'est-ce qui te perturbe au juste, Céline ? D'accord, plusieurs événements sont pour le moment sans explication. Mais imaginer Brice d'abord possédé par le fantôme d'un sale type puis en tueur d'enfants n'est peut-être pas la seule interprétation, si ? Attention, tu me connais, je ne suis pas fermée aux phénomènes surnaturels. Je dis juste que l'on a peut-être manqué un truc, qu'on a laissé la machine s'emballer trop vite.

Une fois dans le parc, au lieu de rentrer directement au château, elles se dirigent vers le potager à la française. Le sixième sens de Sarah, ou tout simplement son immense capacité d'écoute, lui fait comprendre qu'il est temps pour Céline de s'ouvrir et de laisser couler les eaux tumultueuses qu'elle retient depuis on ne sait quand. Loin de l'énergie et du bruit des autres, elles prennent place sur le banc de pierre moussu et humide. Céline vide ses poumons dans un grand soupir, comme elle l'a appris au yoga, et laisse ses bras tomber sur ses genoux. Elle rend les armes.

— Je me suis peut-être emballée.

Dans un dernier sursaut, elle ajoute tout de même :

— Mais on ne m'enlèvera pas de l'idée qu'il se passe ici des choses bizarres !

Sarah acquiesce. Personne ne la contredira, surtout avec un cadavre sur les bras.

— Deux cadavres.

Céline entortille ses jambes sous le banc et pince les lèvres. Sarah attend, la cartomancienne sait aussi faire silence. Céline reprend enfin :

— Le jour où tu m'as tiré les cartes, tu m'as dit que tu ressentais un blocage chez moi, un barrage qu'il faudrait surmonter en se tournant vers le passé.

Sarah n'ajoute rien.

— Je me dis… J'imagine qu'il y a une possibilité pour que toute cette affaire avec Brice soit en fait liée à mon passé. Je l'ai cru capable du pire, prêt à tuer une petite fille, tu imagines ? J'ai voulu l'arrêter, certes, mais pour être honnête, c'était surtout pour le sauver de lui-même.

— En même temps, il est charmant, ce Brice, dans son genre, ça peut se comprendre !

Céline s'empourpre, elle n'a encore jamais confirmé à Sarah l'attirance qu'elle éprouve pour le jardinier, mais aujourd'hui, elle n'a plus la force de dissimuler ses goûts douteux, sa capacité à voguer vers celui qu'elle croit capable d'actes monstrueux. Elle lance un faible sourire à la cartomancienne.

— Plus sérieusement, je crois que cette envie de le sauver, ça vient de plus profond.

— Sören ?

— Il y a de ça, oui. Sauf que je n'ai pas pu sauver Sören car il n'y avait rien à sauver.

Elle prend une nouvelle pause, inspire.

— Tu sais, aussi fou que cela puisse paraître, Sören n'est pas ma première relation bizarre, je cumule. Quand j'avais quinze ans, d'accord, presque seize, je suis sortie avec un mec plus âgé que moi, de beaucoup.

— C'était un secret ?

— Non, c'est ça le plus étrange, c'était une connaissance de mes parents. Un soir, on se voyait déjà depuis plusieurs semaines, il a dîné à la maison puis il est venu se coucher avec moi, dans ma chambre.

— Et tes parents ?

— Ils n'ont rien dit, ils ont laissé faire. Le lendemain matin, ils n'en ont pas parlé, et ont maintenu cette ligne de conduite. Ensuite, je suis allée à l'université et la relation s'est étiolée d'elle-même.

Voilà, les bulles ont éclaté à la surface, Sarah a entendu ce que Céline était prête à dire. Elle reste assise en silence encore un peu puis propose de rentrer, elles vont rater l'heure du dîner. Céline sourit, elle la remercie, elle va passer encore un instant ici et la rejoindra plus tard.

Elle observe son amie se diriger vers le château. Une douce lumière s'échappe des grandes portes-fenêtres de la bibliothèque. Elle imagine ses camarades confortablement installés dans les canapés, un livre en main, après leur longue journée d'exercice. Chacun attend avec impatience que l'heure du dîner sonne pour rallier la salle à manger et se serrer devant de la cheminée. La vitesse à laquelle les gens investissent un lieu avec des habitudes nouvelles la stupéfie chaque fois. On quitte son foyer pour prendre de la hauteur, faire le point, casser la routine… Pourtant, partout et de tout temps, ses semblables s'empressent de créer des rituels réconfortants et fédérateurs. Le dîner autour du feu est de loin le plus emblématique de leur groupe.

Elle ne voit plus Sarah, elle a dû rejoindre les autres maintenant. Elle la remercie intérieurement pour sa présence ce soir. Rares sont les personnes qui détectent chez l'autre que le moment de parler est venu, et surtout, rares sont celles qui aménagent un temps pour recevoir la parole. Elle se sent apaisée, elle profite de cette accalmie pour analyser ses réactions. Depuis son arrivée, elle a tiré des conclusions en partant du principe que plusieurs éléments sans explication étaient liés. Très tôt dans son enquête, elle a placé Brice au centre des événements et a essayé d'apporter de l'eau à son moulin. Elle s'est rendue à Senarpont, a trouvé deux squelettes, interrogé Anne, les hommes du village, et a même tenté de communiquer avec le duc. Tout cela pour une théorie au minimum loufoque. Mais même si cette histoire de vengeance est mise à mal, Céline n'en est pas moins déterminée à comprendre ce qui se trame derrière l'arbre. Une explication sur l'œuf et les squelettes serait également la bienvenue. Depuis son arrivée au château, elle se sent aux prises avec une tension aiguë, elle manque de sommeil, est toujours à l'affût d'une prochaine attaque. Pourtant, elle voit en parallèle grandir sa détermination. Acculée comme une bête, il ne lui reste plus que le combat, elle doit savoir. En quelques jours, elle a avoué des souvenirs intimes qu'elle a révélés à peu de gens, même pas à ses amis les plus proches. Tout d'abord, elle a réussi à parler de Sören, malgré sa gêne, mais surtout, elle a ouvert la porte sur son histoire avec Jean-Louis, l'ami de ses parents. Plus les événements au château s'emballaient, plus les verrous de son esprit sautaient. Seule dans le froid, elle ose enfin arrêter le tumulte de ses idées et poser un regard critique sur ses actes. Elle se rend compte qu'elle aurait pu enrayer la machine bien plus tôt si elle avait eu du courage, car la pièce manquante à sa démarche lui saute enfin aux yeux. Alors elle se lève et contourne la haie.

Il y a encore de la lumière à la fenêtre de la dépendance.

Il lève la tête. L'arrivée de Céline interrompt son travail. Encore penché sur ses boutures, il pose les yeux sur la stagiaire. Elle reste muette devant Brice. Elle doit s'accorder un temps pour reprendre ses esprits et engager le combat. Il finit par délaisser ses plantations et contourne la table posée sur des tréteaux, s'avance vers elle. Décidément, elle a pour habitude de passer le pas de sa porte et ne rien dire. Pour la mettre à l'aise, il tente d'engager la conversation.

— J'avais une course à faire en ville ce matin, j'ai embauché tard, du coup je rattrape.

Céline n'émet toujours aucun son, et cela le rend nerveux. Il voit bien que quelque chose bloque cette femme, qu'elle le regarde toujours comme si elle avait un aveu à lui faire puis se rebiffe et s'échappe.

— Vous voulez vous promener dans le bois à cette heure-ci ? Vous allez y voir quelque chose ? Attendez demain qu'il fasse jour, peut-être.

— Pour… pourquoi je voudrais me promener dans le bois ?

Céline a rassemblé ses forces, a fait un pas dans la dépendance et a recouvré la parole.

— Vous n'êtes pas ici pour me demander la clef?

— La clef?

Il semble à Céline que depuis la dernière fois où elle lui a demandé son aide pour ouvrir la porte du bois, il s'est écoulé une décennie.

— La clef! répète-t-elle. Anne nous a trouvé un double, depuis, nous sommes allés dans le bois tous les jours.

Elle pose sur Brice un regard lourd de sous-entendus. Le jardinier reste impassible. Ce qui se trame dans la tête de cette femme est décidément hors de sa portée, alors c'est à son tour de se taire.

— Tous les jours, Brice ! Des collants aux petites chaussures, rien ne nous a échappé. Et vous savez ce que l'on a trouvé, en plus de l'arbre ? Le squelette de la cave. Et celui de l'enfant.

— C'était vous, alors ! Avec l'homme je suppose, celui aux décolletés.

Céline s'empourpre. Sur le court chemin entre le banc et la dépendance, elle avait préparé son discours, mais n'avait pas prévu que sa soi-disant escapade romantique arrive si tôt dans la conversation. Elle aurait pourtant ri si la gêne ne l'en avait pas empêchée. Les tee-shirts particulièrement échancrés de Jordan ne passaient pas inaperçus, surtout pas auprès du jardinier aux tenues pratiques.

Céline s'avance encore un peu, de deux pas, puis se campe devant Brice, à un mètre de lui. Elle prend une grande inspiration, plante son regard sur les jeunes pousses derrière le jardinier et se lance. Elle déballe tout, sa première découverte de l'arbre, ses suspicions à la suite de sa réaction fuyante, les bruits devant sa porte en pleine nuit, l'œuf retrouvé au milieu du couloir, le malaise devant le portrait du duc, la chasse au fantôme grâce au matériel emprunté à l'ami de Jordan, la chute de ce dernier dans l'escalier, la découverte des corps, leur fausse idylle pour expliquer leur présence, sa théorie sur le lien entre la lignée du jardinier et celle du marchand, les probables désirs de vengeance de Brice, les vêtements dans l'arbre, symbole de l'annonce de la mort imminente de la petite descendante du duc, son désir à elle d'empêcher le meurtre sacrificiel et de le sauver, lui. À la fin de son récit, le regard du jardinier est dur, son corps s'est raidi, il paraît encore plus grand. Sans rien dire, il lui attrape rudement le poignet et la traîne vers le centre de la pièce. La chaise qu'il avait époussetée pour elle quelques jours plus tôt est toujours là. Il force Céline à y prendre place. Apeurée et les jambes tremblantes, elle s'effondre sur le cuir usé mais s'efforce de retenir ses larmes. Sans un regard, il la contourne, s'approche du buffet. Il ouvre la porte, elle grince. Céline sent une vague de froid l'envahir. Que cherche-t-il dans le meuble ? Une arme, certainement. Est-ce le moment de s'enfuir ? Peut-elle atteindre la porte avant qu'il l'attrape ? Elle n'a pas le temps d'évaluer ses chances qu'il est à nouveau devant elle. Il brandit quelque chose devant ses yeux.

— Gentiane, ça ira ? Comme la dernière fois, c'est tout ce que j'ai.

— 13 —

La dernière nuit, Céline a enfin réussi à dormir un peu. Elle ouvre les yeux bien avant le son du gong. Malgré l'heure très matinale, elle se sent reposée. Elle sort du lit et enfile sa tenue de yoga. Discrètement, elle ouvre la porte de sa chambre. Dans l'entrée, elle enfile ses chaussures et son manteau. Elle pousse la porte du château et remonte l'allée. Dans la maison d'Anne, aucune lumière n'est encore visible. Elle emprunte la rue et resserre sa veste pour se protéger du vent.

Elle accueille avec soulagement cette nouvelle aube, et son esprit est tranquille. La veille, elle a finalement réussi à s'endormir et à passer une nuit sans rêve. Elle se sent essorée par le tourbillon des récents événements, mais apaisée. Ce n'était pas gagné, car en se couchant, elle a été assaillie de souvenirs et de pensées. Pendant un moment qui lui a semblé interminable, elle a été incapable de juguler le torrent d'informations qui tourbillonnait dans sa tête. C'était comme à son premier retour des États-Unis. Adolescente, elle y avait passé un été. Là-bas, tout était plus grand, plus fort, plus lourd. Une fois sa tranquille ville natale regagnée, pendant plusieurs jours, au moment de se mettre au lit, elle avait vu défiler devant ses yeux des centaines, des milliers de visages inconnus, comme si son cerveau avait accumulé un trop-plein qu'il écoulait finalement une fois le calme retrouvé.

Dans le lit de sa chambre, au château, elle avait pensé à Sören, qu'elle imaginait à présent presque en femme, et à la façon dont elle était tombée dans son piège. Au début de leur relation – car elle ne voyait pas comment appeler autrement l'année écoulée –, Sören lui avait habilement fait croire qu'ils avaient de nombreux points communs. Il se montrait prévenant, c'était le seul à réellement s'intéresser à elle, à vouloir découvrir son intériorité. Très vite, elle s'était sentie flattée et elle s'était encore plus ouverte à lui. Elle avait confiance, il ne la jugeait jamais. Elle lui avouait ses doutes, ses pensées, immatures pour elle mais d'une grande valeur pour lui. Il était si bon avec elle qu'elle lui rendait ses compliments au centuple, elle en avait fait le centre de son monde et n'hésitait pas à le lui faire savoir, il le méritait tant. Et puis, elle avait voulu le rencontrer, le toucher, et leur relation avait commencé à basculer vers l'enfer. Sören avait inventé des excuses pour éviter les rendez-vous et elle les avait acceptées, même si sa frustration grandissait. Mais c'était trop tard, il avait vu qu'elle pouvait être guidée là où il le souhaitait, alors il avait fait grossir le mensonge, annoncé une maladie grave, exigé d'elle une attention exclusive. Céline l'avait appris depuis, c'était typique des menteurs pathologiques et des manipulateurs. Ils recherchent d'abord une adulation sans limite, ce qu'ils obtiennent en général au début de la relation ; ils arrivent à donner le change, à être charmants. Puis le masque se fissure, leurs failles sont exposées, alors l'autre demande des comptes, entame les premiers reproches. S'engage la seconde phase, celle de la destruction. Ils mentent, cultivent la mauvaise foi afin d'écraser l'assurance de leur partenaire. Leur mode de fonctionnement est si déformé qu'ils se nourrissent de sa détresse. Ils ont besoin de le sentir à leur merci, de le faire tomber dans un abîme de doutes. Alors seulement, ils peuvent sourire. Leur personnalité est toxique, oui, et le pire, c'est que la plupart d'entre eux sont condamnés à vivre dans ce schéma. Incapables de comprendre qu'ils sont responsables de leur propre malheur, ils croient tous à leur mensonge, rejettent la faute sur les autres et ne rendront jamais quiconque heureux.

Après plusieurs semaines de lecture à ce sujet, Céline a bien compris le fonctionnement de Sören et, derrière sa colère, ressent peut-être les prémices d'un renouveau, d'un pardon qu'elle pourrait lui accorder un jour. Au fond, malgré l'enfer qu'elle a vécu, c'est lui qui restera coincé dans sa prison jusqu'à sa mort. Elle a réussi à s'échapper. En revanche, elle n'est pas sûre d'arriver à se pardonner un jour à elle-même. Du moins, c'était son état d'esprit au début du stage au château de Reuilly-les-Étangs. Car elle avait de quoi s'en vouloir. Quel genre de personne était-elle pour ne pas s'être enfuie aux premiers signes de dysfonctionnement ? Qui accepte d'endurer les brimades et les reproches abjects pendant si longtemps ? Depuis plusieurs semaines, elle a trouvé un début de réponse. Si elle est restée avec Sören alors qu'il lui reprochait, malgré tous ses efforts, de ne pas en faire assez pour le soutenir dans sa maladie, c'est que sa volonté de le soigner était plus forte. Elle était l'unique personne au monde qui pourrait le maintenir en vie. Quelle arrogance ! Et comme l'arrogance et le manque de confiance en soi sont les deux faces d'une même pièce, elle en était arrivée à cette conclusion : sa volonté de sauver Sören venait combler son manque d'amour-propre, cela lui donnait un objectif de vie plus élevé, la tirait hors du lot, la mettait au-dessus des autres. Son amour était plus noble, les enjeux de son couple plus graves.

Mais maintenant, elle le sait, l'explication de son comportement a plusieurs tiroirs. Son séjour au château et sa quête de vérité endiablée lui ont ouvert les yeux sur ce qu'elle ne voulait pas voir. Sa tendance à défendre corps et âme les causes perdues, sa volonté de sauver Sören d'abord, puis Brice, n'ont au fond été que le reflet de sa propre fragilité. Sarah l'a dit : il fallait qu'elle se penche sur le passé pour aller de l'avant. Pendant des années, elle n'a pas voulu revenir sur ses souvenirs, n'en a parlé à personne. La porte est dorénavant entrouverte et elle ose enfin y jeter un œil. Pourquoi ses parents avaient-ils laissé faire ? Pourquoi n'avaient-ils rien dit quand leur fille, encore adolescente, s'était engagée dans une relation avec un homme d'âge mûr, un homme de leur génération ? Pourquoi étaient-ils restés inactifs lorsque, sous leurs yeux, elle avait partagé sa chambre d'enfant avec Jean-Louis ? Avaient-ils entendu leurs ébats, cette nuit-là ? Il avait voulu faire l'amour et elle avait d'abord refusé, ses parents étaient si proches. Pourtant, elle ne voulait pas le contrarier, elle ne voulait pas qu'il la prenne pour une enfant. Tétanisée, elle avait cédé.

Céline arrive devant le cimetière et pousse la grille. L'endroit n'est pas grand, elle a l'emplacement des tombes bien en tête. Elle se dirige sans mal vers le coin, celui abrité du vent. Devant les petites tombes d'enfants, elle laisse couler ses larmes.

Ses parents n'avaient rien dit mais, acculés, ils avaient fini par agir. Sa mère surtout, qu'elle était allée trouver lorsque ses règles n'étaient pas venues. La petite femme qu'elle s'efforçait d'être devant Jean-Louis se trouvait bien démunie, au bord du désespoir. Elle se souvient parfaitement du regard fuyant de sa mère, de ses lèvres pincées. Sa mère avait obtenu un rendez-vous d'urgence chez son gynécologue, l'avait accompagnée. Sans un mot, le médecin l'avait fait monter sur la table, avait procédé à une échographie. Il n'avait pas commenté l'image mais, sur l'écran que le médecin ne lui cachait pas, elle avait perçu l'agitation dans son ventre, le battement caractéristique. Elle avait retenu ses larmes, très fort, pourtant personne ne les aurait remarquées. Le médecin s'était tourné vers sa mère et lui avait adressé un hochement de tête. Un simple hochement pour confirmer leurs suspicions : Céline était enceinte. Elle se rhabillait alors que le praticien discutait avec sa mère. Quelle méthode était possible ? À partir de quand ? Elles étaient parties à l'hôpital pour la première prise de comprimé. Puis armées d'une ordonnance, s'étaient rendues dans la pharmacie d'une ville éloignée. Quelques jours plus tard, sa mère lui avait donné le second cachet. Elle avait appelé le lycée, Céline avait des maux de ventre, elle ne reviendrait que la semaine suivante. Le comprimé dans une main, un verre d'eau dans l'autre, elle avait écouté les ordres de sa mère puis avalé le tout. Elle avait avorté sans que personne ne lui explique ce qui allait se passer ou ne lui demande ce qu'elle souhaitait.

Dans la nuit, elle avait été saisie de contractions douloureuses, elle avait trouvé du sang au fond de sa culotte. La peine avait duré plusieurs heures, jusqu'à ce qu'elle découvre au fond de la cuvette des toilettes un petit amas répugnant, un mélange de sang et de muqueuses.

Elle avait pressé le bouton de la chasse d'eau, l'image de l'échographie en tête. Son enfant était parti, il n'aurait pas de prénom, pas de sépulture. Personne n'en parlerait. Elle ne dirait rien à Jean-Louis, prétexterait une grippe pour ne pas le voir pendant quelque temps. Aujourd'hui encore, elle ignore si son père est au courant.

Elle a voulu venir en aide à Sören, à Brice. Elle a cru pouvoir convaincre le jardinier d'épargner la vie de la petite descendante du duc. Parce que personne n'était venu la sortir des mains de Jean-Louis, car personne, surtout pas elle, n'avait honoré la mémoire de son enfant.

Sarah s'apprête à passer le seuil de la cuisine lorsque Céline pénètre dans l'entrée du château. La cartomancienne rejoint son amie et la salue. D'autres stagiaires descendent l'escalier à leur tour et, d'un ton un peu plus discret, Sarah lui demande :

— Céline, tu es déjà allée te promener ? Tu es retournée voir l'arbre ?

— Non, je suis allée faire un dernier tour au village avant de prendre le train, cet après-midi. Je pense que j'en ai terminé avec l'arbre, Sarah !

Sarah se réjouit de voir son hypothèse validée. Hier, au dîner, Céline avait un éclat dans les yeux. Après leur conversation sur le banc, quelque chose avait changé.

— Un éclat ?

Sarah opine du chef et sourit en coin, l'air de dire qu'elle n'est pas pour rien dans ce revirement de situation. Céline se lance alors dans le récit de la soirée. Elle doit pratiquement plaquer sa main contre la bouche de son amie lorsque celle-ci s'exclame. Ainsi, Céline est allée retrouver Brice ! Et lui a tout déballé de ses intuitions, l'accusant d'être possédé par l'esprit du duc et de planifier le meurtre d'une jeune enfant. Sarah presse Céline et veut savoir comment le jardinier a réagi, qu'avait-il à dire pour sa défense ? Est-il dangereux, finalement ? Céline lui promet de tout lui expliquer plus tard, au calme. Pour le moment, le reste du groupe se trouve à la cuisine, avec Anne, et elles feraient mieux de les rejoindre si elles veulent avoir quelque chose dans le ventre avant leur séance matinale.

Après le petit déjeuner, ils se dirigent vers la tour et prennent place une dernière fois sur leurs tapis de yoga. Carolina leur a préparé un cours un peu spécial. Elle les félicite de leurs progrès et, surtout, les invite à se remercier eux-mêmes. En s'accordant du temps, ils se sont fait le plus beau des cadeaux. Elle aimerait qu'ils repartent chez eux encore plus comblés, alors elle leur propose de consacrer la seconde moitié de la séance à la méditation. Chacun approuve la proposition puis imite Carolina, déjà debout, en position de la montagne. Avant de calmer l'esprit, il faut d'abord passer par l'effort physique. Après plusieurs jours de pratique intensive, leur persévérance paie, et les stagiaires opèrent avec application les asanas proposées par Carolina. En plus de réussir leurs poses, ils se concentrent également sur les transitions. Ce court séjour leur a démontré à quel point l'homme est déconnecté de son corps. Ils ont appris à profiter du temps entre deux asanas pour se connecter à leur envie. Carolina les encourage, ce matin le rythme est lent et propice à cet exercice. Alors qu'ils sont couchés sur leurs tapis, elle leur propose de passer en position assise en pensant à la façon dont le corps veut bouger instinctivement. Est-ce en se couchant d'abord sur le côté, est-ce en repliant les genoux sur le ventre ? Céline est concentrée. Elle réussit même à tenir une minute entière en position de l'arbre, c'est-à-dire debout, une jambe tendue, l'autre repliée, le pied sur la cuisse opposée. Elle a toujours éprouvé des difficultés à rester en équilibre, mais pour une fois elle tient la position plus longtemps que d'habitude et la perd seulement quelques secondes avant que Carolina elle-même ne la quitte. Puis vient le temps de la méditation, chacun retrouve sa position de départ, assis en tailleur sur le tapis, le dos bien droit.

Carolina les invite à prendre une grande inspiration et à expirer encore plus longuement. Après plusieurs cycles, elle leur demande de fermer les yeux. Elle leur propose de poser une intention. Aujourd'hui, s'ils le souhaitent, ils peuvent méditer sur l'estime de soi, prendre ce dernier moment ensemble pour s'accorder de l'amour. Comme d'habitude, elle leur conseille d'accueillir toutes les pensées qui surgiraient dans leur esprit et de les laisser glisser, comme si leur corps était couvert d'une huile chaude aux arômes exquis. Ainsi, aucune idée ne peut s'y accrocher. Une seule pensée reste, celle de l'amour qu'ils se portent à eux-mêmes. Céline ferme les yeux et visualise son corps comme une sculpture pleine, à l'intérieur de laquelle on aurait creusé par endroits. Soudain, l'image d'un liquide à la fois épais et fluide, de couleur rose nacré, surgit. Elle visualise ce nectar se répandre en elle, venir envahir tous les interstices de son être. Elle se sent comblée et, pendant un instant, elle est heureuse. Puis la sensation initiale, agréable, devient angoisse. Là où le nectar venait la remplir, elle a maintenant l'impression qu'il met au contraire en exergue ses zones de vide. Mais elle n'a pas le temps de s'en émouvoir que déjà, l'image change. Elle perçoit maintenant clairement son corps comme une sculpture vide, inondée peu à peu de sirop délicieux. Chacune de ses inspirations crée le liquide rose, qu'elle sait être une ressource infinie. À chaque expiration, le nectar se déverse et son corps en est un peu plus rempli. Le niveau monte jusqu'à son ventre puis ses poumons. Elle veut ralentir le processus, ne pas aller trop vite, sinon, quand il sera terminé, cette sensation délectable lui échappera. Mais aussitôt, une pensée inverse la saisit. Comment peut-on ne pas souhaiter se gonfler pleinement et rapidement d'amour ? Alors elle inspire à nouveau et le niveau monte jusqu'au crâne, son corps est repu. Et maintenant ? Attention ! Le liquide va déborder par les yeux, les pores de la peau ! Mais est-ce grave ? Elle le laisse déborder, puisque la ressource est infinie. Alors il jaillit du sommet de son crâne et coule le long de son corps. Elle reste immobile.

Elle pense à l'enfant qu'elle a laissé partir, qui a fini sa courte existence au fond des toilettes, mais aussi à l'enfant qu'elle était, que personne n'a protégée. Elle ne vit que pour cette pensée, elle n'existe qu'à travers cette petite fille malheureuse, elle veut la serrer dans ses bras. Et pendant un bref instant, cette méditation n'est plus pour elle, ne concerne plus ses désirs ; pendant quelques secondes, elle s'abandonne entièrement à l'idée de sécher les larmes de cette enfant. Et elle s'ancre dans le sol et s'élève vers le ciel. Déjà, le moment lui échappe, mais ces courtes secondes où elle n'existait plus étaient magnifiques, tout son être était tourné vers cette petite fille. Et si les différents intervenants du stage ont raison, si les multiples dimensions existent et si l'énergie de chaque dimension influe sur les autres, alors elle espère l'avoir atteinte, cette petite fille, et lui avoir apporté un peu de consolation.

À la fin de la méditation, Céline ose se joindre au groupe. Elle chante un *om* juste.

Dans l'entrée, c'est l'effervescence. Les dix membres du groupe sont présents. Denise la doyenne, prête la première, discute avec Assia, la jeune maman dont la mine paraît plus reposée qu'à son arrivée au château. Naina se joint à la conversation. Au vu de ses courbatures, elle n'est pas certaine de continuer à explorer ses racines indiennes à travers le yoga. Là, tout de suite, la cuisine la tente plus. Édouard aide Jordan à enfiler sa veste et lui propose de porter son sac. Pascal, en train de nouer ses chaussures, doit abandonner sa chaise à Mathilde qui ne peut pas enfiler les siennes sans être assise, ses lombaires la lancent à nouveau. L'homme se déplace de bonne grâce et manque de tomber alors que Véronique, aveugle à son environnement, marche sur ses lacets. Enfin, ils sont tous prêts, le convoi vers la gare peut partir. Le stage est terminé, chacun s'apprête à regagner ses pénates. Beaucoup ne sont pas venus en voiture, et c'est dans une atmosphère de colonie de vacances qu'ils s'apprêtent à attraper leur train. Carolina accueille avec humilité les remerciements de ses élèves, ils lui souhaitent le meilleur pour la suite, espèrent recevoir une photo du petit quand il sera né. Personne ne sait où est passée Sophie, la sévère professeure de yoga, et personne ne s'en informe. Anne leur demande s'ils n'ont rien oublié dans leurs chambres, provoquant une légère panique. Quelques-uns, Pascal en tête, reposent leurs sacs à terre et s'élancent dans l'escalier pour une dernière vérification. Il en redescend avec une de ses BD. Enfin, il est temps de partir. On ouvre en grand la porte du château et les premiers s'élancent dans le froid d'automne. C'est au tour de Céline de dire au revoir à Carolina. Elle fait ensuite face à Anne et lui lance un sourire ému. Elle la serre dans ses bras sans rien dire, la gorge nouée. La sensation du corps de leur hôtesse encore sur elle, elle rejoint les autres dans le jardin, adresse intérieurement ses adieux à Marie, première duchesse et patronne de ses nuits agitées. Elle a une pensée plus fugace pour Gustave, duc et mari goujat. Près du portail, Brice semble s'activer sur une haie, mais si l'on y prête bien attention, il n'accomplit aucun travail efficace. Il attrape un outil, le repose. Passe sa main dans le feuillage, se recule pour évaluer l'état de la plante. Céline sourit et s'approche de lui. Ils se regardent. Elle le remercie pour la veille et s'excuse pour tout le reste. Le jardinier incline la tête, agite la main, tout est déjà oublié.

— C'est le grand départ ! Après cette aventure, vous ne reviendrez sans doute pas l'année prochaine.

Est-ce de la déception que Céline détecte sur le visage de Brice ? Après qu'elle l'a accusé du pire, le jardinier aimerait-il en fait la revoir ?

— Pour l'année prochaine, je ne garantis rien, mais voici mon numéro. À Paris, il y a une exposition sur les jardins d'hiver, peut-être pourrait-on y aller ensemble.

Sur ce, Céline attrape le poignet du jardinier et plante ses yeux dans les siens. L'homme est interdit mais ne se dérobe pas. Sur la pointe des pieds, elle lui glisse dans le creux de l'oreille :

— En attendant, prenez bien soin d'Anne.

Puis elle rejoint ses deux camarades, médusés. Derrière la grille, Jordan et Sarah n'ont pas perdu une miette de l'échange et luttent contre leur nature pour ne pas la presser immédiatement de questions. Ils lui laissent jusqu'à l'orée du village et, une fois certains que Brice ne les entendra pas, lancent l'assaut.

— Je rêve ou tu viens de donner ton numéro à Brice ?

— Tu l'as bouffé des yeux ! Tu as aussi essayé de l'embrasser, non ?

— Tu ne l'accusais pas d'être possédé par le démon lui-même il y a encore un jour ?

— Prêt à commettre un infanticide ?

— S'amusant à décorer l'arbre des vêtements symboliques de sa prochaine victime ?

— Tu nous expliques ?

— Qu'est-ce qu'il t'a dit hier, exactement, lorsque tu l'as rejoint dans la dépendance ?

— Quoi ? Tu l'as vu hier ?

Céline passe deux bonnes minutes à calmer ses camarades. Le reste du groupe est loin devant, ils avancent tous plus vite que le pauvre Jordan sur ses béquilles. Édouard a proposé de faire le chemin avec eux et Céline s'est étonnée d'entendre Jordan lui répondre avec douceur qu'il le rejoindrait dans le train. Enfin, ses deux compagnons lui laissent le temps de parler.

Alors elle raconte sa discussion avec Brice. Pendant un bref moment, il s'est montré rude, et elle a même eu peur pour sa vie. Mais elle a vite compris qu'il était seulement furieux de se faire accuser de la pire des monstruosités. Malgré le choc, il a vite retrouvé le contrôle de lui-même. Il lui a demandé de tout répéter et a démonté ses points un à un. Pour l'œuf, il ne pouvait pas en être certain bien sûr, mais il était fort probable que le responsable du bruit dans le couloir ne soit autre que le chat. Anne assurait à tout le monde que le félin était enfermé chez elle chaque nuit, pour éviter de potentielles plaintes de stagiaires. Le cas s'était déjà produit, certains visiteurs abhorrant les chats, d'autres, allergiques, critiquaient la présence de l'animal. Alors elle crie à tue-tête que le chat est maîtrisé, que son passage dans le château était fugace et limité à la journée. Mais le fait est que, la plupart du temps, elle n'a aucune idée de l'endroit où se trouve l'animal, n'ayant aucun pouvoir sur lui. Brice avait déjà vu Anne se courroucer car le chat s'amusait à faire tomber ses précieux bibelots puis à les maltraiter par terre. Il était donc tout à fait possible qu'il ait joué à la balle avec l'œuf peint, juste devant la porte de Céline.

Au sujet de sa lignée, si Brice était bien le descendant du marchand qui s'était querellé avec le duc, il ne l'avait jamais su. Cela lui semblait tout de même improbable, car l'installation de sa famille dans la région remontait aux années vingt. À l'époque, l'atelier de nacre et de tabletterie du village d'à côté n'était pas encore un musée et l'entreprise tournait à plein régime, ce qui avait attiré son aïeul en recherche d'emploi.

Pour les squelettes de la cave, il n'avait aucune certitude sur l'identité de la malheureuse ni même sur la façon dont elle était passée de vie à trépas. Accident ou meurtre, il espérait que l'analyse de l'expert pourrait au moins lever ce mystère. En revanche, des sols, il en avait retourné dans sa vie de jardinier, et des cadavres, d'animaux exclusivement, il en avait hélas déterré. Il pouvait affirmer à Céline qu'au vu de la composition du sol de la cave et de l'état de conservation des squelettes décrit par Anne, la femme enceinte ne devait pas être une contemporaine du XVIIe siècle. Si on établissait un jour son identité, il ne serait pas étonné de la savoir d'une époque plus récente, bien postérieure au règne du duc.

Sarah, Céline et Jordan entament les derniers mètres de la descente. Devant la voie ferrée, leurs camarades attendent le train. Les sacs à dos des stagiaires mouchettent le paysage maussade de couleurs vives. Ils décident de ralentir l'allure afin de se tenir hors de portée d'oreilles du groupe. Sarah hoche la tête plusieurs fois.

— Mais l'arbre, alors ? Qui y accroche des frusques si ce n'est pas le jardinier ? Et pourquoi a-t-il évité de te répondre la première fois que tu l'as confronté ?

Jordan n'est pas satisfait de l'explication de Céline et le fait savoir à grands coups de béquilles dans le vent. Elle lui demande de baisser la voix. Elle s'approche encore plus d'eux, pose son doigt sur sa bouche.

— Les amis, vous m'avez soutenue et épaulée tout au long de cette semaine, sans jamais me juger, et toi, Jordan, tu en as même fait les frais. Pour cette raison, j'ai négocié dur avec Brice pour obtenir l'autorisation de partager avec vous l'explication derrière notre arbre à loques. Mais surtout, une fois que je vous aurai révélé le secret, promettez-moi de ne jamais plus en parler.

ÉPILOGUE

Le calme est revenu dans le château, les stagiaires sont repartis les premiers, suivis des professeures de yoga. Anne a passé l'après-midi à faire les chambres : retirer les draps, faire la poussière, passer l'aspirateur. Comme après chaque événement, elle a une montagne de linge à laver. Elle dépose la dernière parure de lit dans la buanderie, petite pièce inconnue du public. Elle se lancera dans la tâche demain, elle a le temps, le prochain événement, deux jours bien-être réservés par une entreprise, n'a lieu qu'à la fin de la semaine suivante.

Lentement, elle quitte le château, verrouille sa porte. Elle remonte l'allée, rentre chez elle. Dans le petit salon, elle attrape le sac qu'elle a préparé, la dernière pièce. Elle s'assure ensuite d'avoir bien la clef dans sa poche. Une chance qu'elle ait trouvé un troisième jeu au fond d'un tiroir, elle n'aurait pas aimé se séparer de sa propre copie en la donnant aux trois stagiaires, surtout après leur avoir dit qu'elle n'en possédait pas. Elle resserre son châle autour de ses épaules et ressort. Le jour baisse, c'est le moment idéal, celui qu'elle préfère, quand le calme absolu revient, quand même le chant des rares oiseaux d'automne s'endort. Elle traverse le potager et arrive très vite devant la Viosne. D'une main experte, elle déverrouille la porte, se fraie un passage et déboule dans le bois. Dès qu'il arrive dans son champ de vision, elle ne quitte pas son arbre des yeux. C'est l'arbre de son enfance. Quel âge avait-elle lorsque, en visite chez ses grands-parents, elle s'en était entichée ? Elle ne s'en souvient plus. C'était l'âge où l'on croyait encore aux créatures magiques, aux lutins des forêts. Son grand-père l'encourageait, lui contait l'histoire de la fée bleue, habitante de la Viosne. Anne se cachait pendant des heures derrière un tronc, dans l'espoir de surprendre la fée. Il paraît qu'elle venait régulièrement se promener ici, près de la source. C'était aussi l'âge où l'on se sent encore relié aux éléments, aux êtres vivants, elle parlait aux insectes, aux plantes. Quand elle avait vu l'arbre au bord de l'eau, elle avait su que ce serait le sien. Elle attrapait son tronc, lui demandait de lui prodiguer de la force, de la protéger. À chaque visite au château, elle venait l'honorer. En été, elle prenait sur elle pour ne pas être repoussée par l'odeur méphitique des arums fleurissant près de ses racines.

Son amour pour l'arbre était un secret. Non parce qu'elle ne voulait pas partager le pouvoir du végétal, mais elle avait peur qu'en révélant sa croyance, la magie cesse d'opérer. Quand le temps fut venu, pourtant, elle y avait tout de même emmené Manon. Elle avait montré à sa petite sœur comment poser ses mains sur l'écorce, comment fermer les yeux et sentir la vitalité de la sève. En regardant les petites mains de Manon serrer le tronc, elle avait prié pour que la nature guérisse sa sœur. À douze ans, Anne se croyait femme, elle refusait que sa mère lui coupe les cheveux et elle se maquillait dès qu'elle le pouvait. Manon, elle, était déjà chauve. Elle était malade depuis deux ans, cancer. Elle avait subi plusieurs chimiothérapies. Elle avait d'abord gonflé comme un ballon à cause de la cortisone. Puis son corps s'était mis à maigrir, encore et encore, comme si aucun aliment ne voulait rester dans cet environnement si inhospitalier. Anne se souvient de l'odeur que Manon s'était mise à dégager, une odeur rappelant celle des arums justement, un mélange de sueur et de fièvre. Une odeur de maladie. À l'époque, personne ne parlait de cela, on décrivait les résultats des dernières analyses, rapportait la dernière consultation avec les médecins. Mais personne autour d'Anne n'osait commenter la déliquescence du corps de Manon. Le phénomène n'était pas uniquement visible, c'était quelque chose que l'on pouvait presque toucher tant la vague de lente pourriture venait frapper chaque sens. Lorsqu'elle avait découvert *Douleur*, au lycée, elle avait été reconnaissante envers Marguerite Duras. La façon dont l'écrivaine décrivait la puanteur qui s'échappait du corps de son amant, revenu des camps, mettait des mots sur ses sensations refoulées. Elle n'avait lu qu'une fois le texte où l'autrice décrit le contenu du pot de chambre dans lequel l'amour de sa vie déféquait, l'odeur putride et choquante des aliments passés dans un système digestif détruit. Elle aussi avait dû rester debout, avait dû prétendre ne pas être incommodée lorsque sa sœur, dans sa chambre d'hôpital, s'était soulagée. L'odeur avait envahi la pièce. Sa mère avait aidé Manon à se rincer puis avait soulevé son corps minuscule pour la remettre au lit. Sa mère, qui ne cachait plus ses tourments depuis longtemps, était pourtant calme ce jour-là. Elle serrait la main de Manon, lui caressait le front. Anne agrippait les barreaux du lit, en larmes. Son père avait posé une main sur son épaule, le visage ravagé. Ils avaient regardé les yeux de Manon s'ouvrir une dernière fois, elle avait lancé un regard de détresse. Puis ses yeux s'étaient révulsés et clos à jamais. Sa respiration haletante s'était apaisée. Elle était morte.

Ensuite, les balades à vélo familiales s'étaient arrêtées. Quand l'état de sa sœur le permettait encore, le dimanche, son père avait pris l'habitude d'emmener les deux petites. Parfois, s'il faisait beau, ils descendaient jusqu'à la mare. Les filles étaient fières d'avoir réussi cet exploit, l'étendue d'eau leur paraissait si loin de la maison. Au retour, il leur fallait bien sûr pousser les vélos dans la côte, mais l'effort en valait la peine. Dorénavant, sans le petit casque rose de Manon qui rebondissait devant eux, l'activité n'avait plus de sens.

Un dimanche, pourtant, son père s'était levé tôt. Il avait enfourché son vélo sans mettre son casque. On n'avait pas eu de ses nouvelles pendant plusieurs heures, jusqu'à ce que l'on retrouve son vélo encastré dans la barrière du grand pont à la sortie de leur ville, et son corps en aval du fleuve.

Deux ans plus tôt, au décès de sa mère, Anne avait décidé de quitter sa ville natale et de venir s'installer dans le château de ses grands-parents. En vidant la maison où Manon et elle avaient grandi, Anne était tombée sur le rapport de police. Sa mère avait dû le réclamer à la suite du décès de son mari. Ce jour-là, la route n'était pas glissante, la barrière en bon état. Les caméras de surveillance placées avant le pont ne montraient aucune voiture dans l'intervalle où son père était passé. Le rapport ne pouvait pas conclure, on optait pour l'accident avec forte suspicion de suicide.

Un jour, alors qu'elle était déjà installée au château, elle était passée en voiture à Senarpont. Elle avait aperçu l'amoncellement de vêtements, cet arbre à loques des temps modernes, sauveur des vivants. Elle, c'était d'un sanctuaire qu'elle avait besoin, un sanctuaire pour ses morts.

Devant l'arbre, Anne ouvre son sac et sort le casque ancien qu'elle a retrouvé. Elle l'accroche.

Sobre, noir, celui de son père.

Remerciements

Je remercie Jacques, mon compagnon de vie. Il est toujours le premier à écouter avec patience et entrain mes textes, le premier à y croire et le premier à aimer.

Je remercie ma mère qui traque avec ténacité les incohérences et maladresses du texte. Ses encouragements me sont très précieux.

Merci à l'équipe de Calmann-Lévy qui a mis tout en œuvre pour que ce roman voie le jour, avec le professionnalisme et la bienveillance qui les caractérisent.

Merci à la famille, aux neveux et amis proches, qui me permettent de vivre la sortie de mes livres depuis ma Suède d'adoption ! Merci pour les photos en librairie, merci pour les placements en médiathèque, merci pour le bouche-à-oreille.

Merci aux lecteurs et lectrices qui sont là depuis le début ! Merci à celles et à ceux qui viennent se perdre sur egarementsduquotidien.wordpress.com. Merci à celles et ceux qui se sont révélés des piliers face au doute.

Merci évidemment au nouveau lecteur qui vient découvrir ou redécouvrir le Vexin, prochaine première région de France sans aucun doute !

Et enfin, je pense à tous ceux qui, un jour, n'ont pas vu les signes du mensonge parce que peut-être, il était moins douloureux de rester dans l'ignorance.

Collection TERRITOIRES

Jean Anglade
Une vie en rouge et bleu
Le Dernier de la paroisse
Le Choix d'Auguste
Le Sculpteur de nuages
Les Cousins Belloc
Le Grand Dérangement

Sylvie Anne
Le Gantier de Jourgnac
La Maison du feuillardier

Sylvie Baron
Un été à Rochegonde
Les Ruchers de la colère
L'Auberge du pont de Tréboul
L'Héritière des Fajoux
Rendez-vous à Belinay
Terminus Garabit
Un coin de parapluie
Une Miss pas comme les autres
Des noces en or
Les Petits Meurtres du mardi
Un hôte bien encombrant
Une affaire de cœurs

Jean-François Bazin
Les Raisins bleus
Le Clos des Monts-Luisants
Le Vin de Bonne-Espérance
Les Compagnons du grand flot
Le Maître de la lumière
Le Dernier Tonnelier

Sarah Bell
Le Chant des reines

Henriette Bernier
Le Baron des champs

Jean-Baptiste Bester
L'Homme de la Clarée
Plus près des anges
Les Amants de Sainte-Catherine
Meurtre au pont du Diable

Françoise Bourdon
Le Moulin des Sources
Le Mas des Tilleuls
La Grange de Rochebrune
Retour au pays bleu
Le Fils maudit
Les Sentiers de l'exil
Les roses sont éternelles
Le Maître du Castellar
Le Secret de Belle Épine
Pour oublier la nuit

Édouard Brasey
Les Lavandières de Brocéliande
Les Pardons de Locronan
La Sirène d'Ouessant

L'Affaire Cabre d'or
Le Domaine des oliviers
Les Fils du patriarche

Patrick Breuzé
Les Remèdes de nos campagnes
La Valse des nuages
L'Étoile immobile
Mon fils va venir me chercher
La Montagne pour refuge
Versant secret
Les Buveurs de ciel

Nathalie de Broc
La Vallée des ambitions
La Robe pourpre

Michel Caffier
Corne de brume
La Paille et l'Osier
Les Étincelles de l'espoir

Anne Courtillé
La Tentation d'Isabeau
Le Gaucher du diable
Les Damoiselles de Clermont

Annie Degroote
Les Racines du temps
D'infinies promesses

Jérôme Deliry
Une rivière trop tranquille
L'Héritage de Terrefondrée
La Maraude

Raphaël Delpard
L'Enfant sans étoile
Pour l'amour de ma terre
L'Enfant qui parlait avec les nuages
Le Courage de Louise

Alain Dubos
La Mémoire du vent
La Corne de Dieu
Le Dernier Combat du Dr Cassagne

Élise Fischer
Les Noces de Marie-Victoire
Je jouerai encore pour nous
Villa Sourire
L'Étrange Destin de Marie
Le Jardin de Pétronille
Aux Deux Hirondelles
Les Femmes des terres salées
La Promesse du sel
Le Vin de Pâques
Marionnettes d'amour
Là où renaît l'espoir
Tous au théâtre
Les Silences de Jeannette

Emmanuelle Friedmann
Le Rêveur des Halles
La Dynastie des Chevallier
L'Orphelinat
La Faute des autres

Alain Gandy
Les Cousins de Saintonge

Gérard Georges
Une terre pour demain
Le Destin des Renardias
Le Bal des conscrits
Mademoiselle Clarisse
Anatole, fils de personne
La Mésangère

Georges-Patrick Gleize

La Fille de la fabrique
Pas plus tard que l'aurore
Le Serment des oliviers
Le Vent de la jeunesse
Quelques pas dans la neige
Les Noisetiers du bout du monde
Le Crépuscule des Justes
Même les pierres ont une histoire
La Montagne des autres
Coupe rase
La Dernière Traque

Yves Hughes

Et meurent les marionnettes

Yves Jacob

Sous l'ombre des pommiers
Le Silence de Justine

Corinne Javelaud

L'Ombre de Rose-May
Les Petits-Papiers de Marie-Lou
L'Odyssée de Clarence
Les Fantômes de Marianne
Les Carnets de Laurel

Guillemette de La Borie

La Dernière Héritière
Le Portrait disparu

Hélène Legrais

L'Ermitage du soleil
Les Héros perdus de Gabrielle
Les Ailes de la tramontane
La Guerre des cousins Buscail
Les montagnes chantaient la liberté
Ceux du Château, ceux du Moulin
Trois Gouttes de sang grenat
Les Anges de Beau-Rivage
Le Bal des poupées
Le Front dans l'azur
Nous étions trois
Le Cabanon à l'étoile
L'Alchimiste de Sant-Vicens
La Ballade d'Amélie

Philippe Lemaire

Rue de la Côte-Chaude
L'Enfant des silences
L'Oiseau de passage
La Mélancolie du renard

Alfred Lenglet

Du poison dans les veines
Jeux mortels en hiver
Temps de haine
Cœurs de glace

Éric Le Nabour

Retour à Tinténiac
La Louve de Lorient
À l'ombre de nos larmes
La Frondeuse
Cécile et les Beaujour
Comme une aube fragile
La Ferveur

Jean-Paul Malaval

L'Or des Borderies
Soleil d'octobre
Les Noces de soie
La Villa des térébinthes
Rendez-vous à Fontbelair
La Folie des Bassompierre
Chronique des Strenquel

La Bastide aux chagrins
Les Sœurs Querelle
Les Larmes de la pinède
La Belle Étrangère
Adélaïde au bord de la falaise
Les Gens de Combeval
La Souveraine en son domaine
Un si joli mariage
Rue de la Fontaine-Bleue
Un cœur solitaire dans une maison trop grande
Un été sous les tilleuls
La Vallée des eaux amères
L'Héritière des sables fauves
Par un étrange été à Marteline

Antonin MALROUX
La Promesse des lilas
La Cascade des loups
La Pierre marquée
L'Homme aux ciseaux d'argent
Les prés refleuriront
Fenêtre sur village
Marie des Adrets
L'Espoir de belles aurores
Le Pain de paille
Le Cœur de mon père
Le Charpentier du paradis
Un soleil pour chaque jour
L'Académicien de juillet
Juste en dessous du ciel

Jean-Luc MOUSSET
L'Enfant des labours
Le Secret de Neige

Sophie MUFFAT-MÉRIDOL
L'Homme au bouquet
La Vérité qu'elle mérite

Sylvie PERENNE
Âge d'orage

Michel PEYRAMAURE
La Terrasse

Brigite PIEDFERT
Deux Grains de sucre, un soupçon de secret
Tu seras princesse de Tarragone
La Dame d'Alvimare

Frédéric PONS
Les Pèlerins du diable

Agathe PORTAIL
L'Année du gel
Piqûres de rappel
De la même veine

Nicole PROVENCE
Le Secret d'Aiglantine

Joël RAGUÉNÈS
La Maîtresse de Ker-Huella
La Dame de Roz Avel
La Sirène du port
Les Trois Saisons de la vie
L'Or du lin
Les Vies de Jeanne
Pêcheurs du bout du monde
Les Derniers Seigneurs de la mer
La Salamandre de Trévarez
Yann, saint-bernard de la mer

Florence ROCHE
La Terre des Falgères
L'École du lac
La Réfugiée du domaine

Élisabeth SEGARD
Une certaine idée du paradis
Un futur presque parfait

Geneviève SENGER
La Maison Vogel
L'Enfant de la Cerisaie
La Dynastie des Weber
Les Jumeaux du val d'amour
La Promesse de Rose
Les Bellanger
La Dame des Genêts
L'Or de Salomé
La Terre originelle
Le bonheur est au fond des vallées
La terre était si bleue

Jean SICCARDI
La Source de saint Germain
Le Maître du diamant noir
L'Ivresse des anges
L'Auberge du gué
Gaston des vignes
La Chapelle des Templiers
Le Dernier Faiseur d'or

Bernard SIMONAY
L'Or du Solognot
Le Marais des ombres
Meurtres d'outre-tombe

Valériane TARONT
Fenêtre sur jardin

Jean-Michel THIBAUX
L'Olivier du diable
Le Maître des bastides
Le Rappel du tambour

Katia VALÈRE
Après la nuit vient l'aube

Brigitte VAREL
Le Secret des pierres

Louis-Olivier VITTÉ
La Guérisseuse de Peyreforte
Là où coule une rivière
Le Secret de Tire-Lune
La Statue engloutie
La Dame des vignes hautes
La Femme qui voulait voir la mer
Petit Jean

Colette VLÉRICK
L'Enfant sur le pont
Un air de liberté
La Nacre des abers
Dans la lumière de Pont-Aven
Rêves d'indiennes

Photocomposition Belle Page

Achevé d'imprimer en août 2024
par CPI BUSSIÈRE (18200 Saint-Amand-Montrond)
pour le compte des Éditions Calmann-Lévy
21, rue du Montparnasse, 75006 Paris

PAPIER CERTIFIÉ

CALMANN LÉVY s'engage
pour l'environnement en réduisant
l'empreinte carbone de ses livres.
Celle de cet exemplaire est de :
600 g éq. CO_2
Rendez-vous sur
www.calmann-levy-durable.fr

N° d'éditeur : 1519405/01
N° d'imprimeur : 2079105
Dépôt légal : septembre 2024
Imprimé en France.